JN256198

# 虚構の砦

Michiru Kazaho
風帆 満

文芸社

目次

# 古城の砦—タイムスリップ—

　悠久の時を経て、山間を蛇行する銀色のライン川を、はるか眼下に眺め続けた城砦は、所々朽ちて、欠けた岩肌の間から石の礫(つぶて)をのぞかせている。

剝(む)いた中身は新鮮だろうかと触れてみるが、千年の歴史はずっしりと岩肌に沁み込んで、拭い去ることもできない傷(いた)みを刻んでいる。

　城を囲む砦の上方には、細長く切り取られた窓のような空間が並んでいて、今でも壁間に兵が潜み、侵入者を見張っていそうな気配がある。

戦の時に、容易に身を隠せる壁の隙間は、攻め込む敵の矢を最小限に食い止めると共に、反撃の矢を放つのに役立ったのだろう。

　飾り気のない岩壁は、あの頃の自分をほうふつとさせる。何もかも諦めて覚悟を決め、ただかたくなに居場所を守ろうとしていた頃の自分に……。

自身をほんの少しも飾ることなく、趣味に興じることさえ、もう自分には無縁だと言い聞かせ、娘の叶望が母子家庭の子供と憐れまれたり、後ろ指を指されたりすることのないよう、いつもピンと神経を周囲に張り巡らせていた。

父母の二役をこなし、フルタイムで働く傍ら、頼まれれば嫌な顔一つせずに役員なども引き受けて、泣き言一つ言わず虚勢を張っていた頃の私。

このそびえ立つ砦も、愚痴も言わず、今は虚構の城を守っている。

城自体は現実だが、中身は中世の雰囲気を残したホテルへと様変わりし、従業員は古風なドレスを身にまとって、そば仕えの演技で、客をにわかづくりの城主としてもてなす。むき出した石の壁、古い調度品、天蓋付きのベッドに囲まれ、客はタイムスリップしたような錯覚を覚えて、その創られた世界を楽しむわけだ。

守るべき本来の城主も家系もついえた今、この砦は何を守っているのだろう。

中身が偽りでも城の顔として、ここで過ごした人々の記憶を守っていくのだろうか。

砦は語らない。どんな戦があり、どんなに人が傷ついたかを……。

砦は語らない。新しく結ばれ、築かれた家族の絆を……。

明るい笑い声が聞こえ、欠けた岩肌から手を離した沙織は、城砦に沿った山道を登ってくる壮年の男性と若い女性に目を向けた。

「ほら、頑張って登ってよ。体力ないんだから」

「無理言うなよ。この坂道はきついって。もっと押してくれ」

「もう全体重かけないでよ！　重いんだから！　ちょっとは自分で歩く努力してよね！

あっ、沙織ちゃん。ねぇ手伝って！　手を引っ張ってあげて」

あらら、厄介な場面に出くわしちゃったと首をすくめ、沙織は夫と娘の方に向かって坂を下りていった。

普段は研究所に詰め、自分たちにはさっぱり分からない内容を、英語でやりとりする夫も、娘の前では甘い父親になる。

甘やかすと言うより、甘えると言った方が正解だが、結婚して以来、海外で単身赴任をする夫は、学校が長期休暇に入って訪ねてくる妻と娘の愛情を、このときとばかりに、とことん貪りつくすつもりなのだろう。

夫が沙織のことを『ちゃん』付けで呼ぶので、いつの間にか娘も『ママ』ではなく、『沙織ちゃん』と呼ぶようになった。

そして今日、娘は二十歳になった。
この旅行は、父から娘への成人のお祝いだ。
愛しい二人に手を差し述べながら、沙織は三人が家族になったあの頃に帰っていった。

# 橘の呰

門燈に照らされたマンションの駐車場に続く緩やかな坂を上って、一台の外車が入ってきた。

小学校六年生にしては小柄な叶望が期待を込めた目で、珍しくおしゃれをしている母の沙織を見上げ、その手を握って軽く揺さぶった。

ぎゅっと小さな手を握り返して微笑むと、叶望は少し緊張を緩め、にへらっと笑った。

大きな二重の瞳と父親譲りの鼻筋の通った顔立ちは、身体が小柄な割に大人びて見えるが、笑うと途端に愛くるしい子供の顔になる。

そう、そう、その顔。あなたの笑顔のためにならママは何だってできるわと思いながら、沙織は目の前に止まり、ライトを消した車に視線を移した。

黒いカシミアのチェスターコートを品良く着こなし、ハーフリムの眼鏡をかけた橘圭(たちばなけい)

佑がドアを開けて、百八十センチ近くある身長をいったん屈めて外へ出ると、沙織と叶望の前に伸び上がるように立った。

アメリカの研究所の所長が事故に遭い、急きょピンチヒッターとして圭佑が渡米したのは一年前だった。

まだ出会ったばかりだった沙織と圭佑は、お互いのためにと、二人の間に育ち始めた気持ちを無に帰そうとしたが、あるアクシデントのおかげで自分たちの想いの強さを知った。

そして二カ月前、圭佑が帰国し、待っていた沙織との気持ちを確かめ合い、絆をより深いものにしていった。

今日は出張先から早めに直帰できるので、叶望も一緒に思い出の港へ夕食を食べに行こうと、圭佑が誘ってくれたのだった。

「ごめん。待たせたかな」

「ううん。待ってない。えっと待ってたけど、待ってない。あれっ……？」

「圭佑さんを待っていたけれど、外で長く待たされてないって言いたかったんでしょ？」

えへへと照れ笑いしながら、沙織のコートの袖にかじりつく叶望を見て、圭佑は顔をほころばせた。

「じゃあ行こうか」

後部座席のドアを開け、叶望を先に座らせると、圭佑は助手席のドアを開いて沙織の肩に手を添えた。

「あっ……きれい!!」

助手席には真っ赤なバラの花束が置かれていて、沙織は私に？　とうかがうように圭佑を振り返ると、圭佑は笑みを浮かべて花束を取り、沙織にどうぞと渡した。

他人が見れば、きざだと思うかもしれないが、圭佑は海外に長く赴任していたので、花束をプレゼントするのに抵抗がない。

真っ赤なバラの花束を抱きかかえて、それに顔を埋めるように助手席に座った沙織は、圭佑と会うとき以外は忘れている、女性として扱われる幸福感を、バラの香りと一緒に胸いっぱい吸い込んだ。

十二歳の割にまだ幼い叶望には、男女の仲が理解できるはずもなく、ただ大好きなママがお花を抱えてうれしそうに微笑んでいるのを見て、自分までうれしくなって、後ろの席から身を乗り出して、バラの花に顔を寄せた。

途端にごつんと、沙織の頭と小さな叶望の頭がぶつかり、イタッと二人が同時に叫んで頭を押さえる。

「ほんと二人は、そそっかしいところまでそっくりだね」

助手席の沙織と、すぐ横にぬっと顔を突き出した叶望の顔を見比べて、圭佑はおかしそうにからかった。

「ママが避けないから悪いんだよ」

子供らしい屁理屈で、自分を正当化する叶望をなだめて後ろに座らせながら、沙織もぶつぶつと文句を言い返している。

前妻との間に子供がいなかった圭佑は、仕事も工業製品の開発やその関連のエネルギーの研究なので、子供について詳しくないが、叶望の顔は少女にしては、彫りが深く整っているように思う。

それでも、叶望よりすっきりした顔立ちの沙織と似ていると思うのは、顔の中で重要な位置を占める目がそっくりだからだろう。

車を発進して、マンションに沿った幹線道路の渋滞に滑り込ませると、圭佑は予約を取ってある港のレストランへと向かった。

海が見える窓際の席に着くと、浜辺を飾るクリスマスシーズンの幻想的なイルミネーシヨンに見とれて、叶望が瞳を輝かせた。

「お家のサンルームからも、きれいな夜景が見えるんだよ。あのね、ルーフバルコニーもあって、椅子に座ってお月見もするの」

叶望が得意げに言うのを遮ろうと、沙織は腕を引っ張り、叶望の髪を直すフリをして眉をしかめてみせたが、叶望には通じず、圭佑と話したいばかりに、知らせたい事実を飾りなくしゃべる。

前のパパと住んだ部屋を自慢する娘に、ひやひやしながら圭佑を気遣うと、圭佑は大人の裁量で素知らぬ顔をして相づちを打ってくれた
沙織がほっと胸をなでおろして、話題を変えようとしたとき、絶妙なタイミングでギャルソンがオーダーを取りにやってきて、とびっきりの笑顔を圭祐に向けている叶望に話しかけた。

「いらっしゃいませ。今日はパパとママとお食事しに来てくれてありがとう」

話しかけられた叶望は、微妙な顔で微笑み、首だけであいさつを返したので、そのギャルソンは沙織に会話を振ってきた。

「かわいらしいお嬢さんですね」

三十代半ばの色白で清楚な女性が、うれしそうににっこり微笑んだことに気を良くしたギャルソンは、さらに家族へ好印象を与えようとアピールする。

「お目々はお母様そっくりですね。お父様には……口元が似ていらっしゃるから、将来が楽しみですね」

大抵はこれで夫婦とも喜ぶはずなのに、男性の顔と、少女の似ている箇所を探そうとした途端、微笑んでいた女性の口元が引き締まったのに気づき、何かいけないことを言ったのかと、ギャルソンも少し硬くなりながら、男性にオーダーを尋ねる。

「ああ、ありがとう。叶望はママ似なんです。

オーダーは予約した通りクリスマスディナーで、飲み物は……」

圭佑が叶望に尋ねてからアップルジュースを頼むと、ギャルソンは軽く礼をして下がっていった。

似ているわけがないと大人二人は内心苦笑したが、叶望は自分の唇を触りながら、圭佑の口元をじっと見ている。

「似てるって」

叶望は沙織に、得意げに口元を突き出してみせた。

「僕の口はそんなに尖ってないぞ」

不満を言うフリの圭佑をさらに面白がらせようとして、叶望がチュウの形に唇を突き出すと、圭佑がそれを真似た。

その変顔に我慢できず、叶望が吹き出す。

二人のやり取りに沙織の胸は温かくなった。通い合う気持ちを形にできるなら、それは次々と芽吹いた若蔓が、腕をのばして絡まる姿かもしれない。ぞくぞくするような誘発と期待を甘受して、溶け合った心はこんなふうに新鮮な喜びの花を咲かせるのだ。

叶望の幸せそうな様子を見て、沙織が感謝いっぱいの視線を圭佑に送ると、圭佑も満足そうに笑みを返した。

そしてバッグから取り出した包みを沙織の前に置いた。

もしかして今日は……、と思っていたが、包みは正方形ではなく細長かったので、沙織は落胆した気持ちを押し隠し、包みを開ける承諾を得ると、丁寧に開いていった。

「うわぁ〜、きれいなネックレス。きらきら光ってる」

ダイヤモンドのネックレスを前に、叶望が興奮気味に頬を紅潮させてのぞき込む。

「また、ごっつんするわよ」

低い位置でネックレスを覆い隠すようにのぞいていた叶望の頭を押し戻し、値が張ったと容易に想像できる大きなダイヤのネックレスを、沙織は箱から取り出した。

「すごく素敵。こんな高価なクリスマスプレゼントをありがとうございます。とてもうれしい。圭佑さん、着けても良いですか」

「ああ。えっと、それは指輪の代わりなんだ。いつでも気軽に着けられるようにと思って……。

沙織さん。一年待っていてくれてありがとう。気持ちが変わらないでいてくれて本当にうれしかった」

眼鏡のフレームに無意識に手をやりながら、圭佑が少し困ったように続けた。

「男として、器が小さいと思われるかもしれないけれど、その、いつも着けているネックレスが、前のご主人からのプレゼントなら、これからは、僕のものを身に着けてほしい」

沙織は思わず、首で揺れているネックレスに手をやった。レースのように繊細な模様をかたどったプラチナのハートに、小さなダイヤが散りばめられて、わずかな動きにも揺れて光るトップだった。

「あの、これは……」

自分で買ったと言いかけて、沙織は躊躇した。普段は散財しない沙織が、やけになって買った理由を思い出したからだった。

何気ない物や言葉は、沙織を簡単に過去に引き戻しては傷つける。

三年前のクリスマスに、前夫の羽賀利輝(とき)と叶望と一緒にクリスマスプレゼントを買いに行った日のことを……。

かわいらしく揺れるハートに目が釘付けになり、沙織は思わずショーウインドーの前で足を止めた。

叶望にはぜいたくな物をいくつも強請(ねだ)られるままに買い与える利輝だったが、沙織には何も贈らなかった。何だかふとわびしくなって、めったに言わないおねだりをしてみた。

「これ欲しいな……」

利輝は聞こえたにもかかわらず、一瞬目を留めただけで、叶望を促し、先へ行こうとする。

本当はプレゼントが欲しいわけじゃなかった。まだ妻に何かを贈ってくれるだけの愛情が残っているかどうか確かめたかったのだ。

くずダイヤを散りばめた、デザイン重視のものだから、値段だって全然高くないのに、それさえも与える価値がないと示されたようで惨めだった。胸の痛みを抑えようと、肩で呼吸を大きく繰り返したが、ハートに刻まれたクラッシック模様はぼけてしまって見えなくなった。

ネックレスを手にしてうつむき、動かなくなったママを見て、叶望が利輝の腕を引っ張って止めた。

「ねぇパパ。ママにもプレゼント買ってあげてよ。あれが欲しいんだって」

余計なことをと思っても、耳だけは利輝の返事を期待する。

「ママには生活費をあげてるんだから、そこからやり繰りして……」

「これ、下さい」

自分で買えばいいという言葉を最後まで聞かず、沙織は店員にネックレスとともにカードを差し出した。

そのカードは自分が働いて貯めた方の口座から落ちるものなので、生活費から捻出しろと言った利輝に当てつけたことになる。

やけで買ったとはいえ、デザインはかわいくて気に入ったのと、利輝への期待を捨てた記念として、以来自分自身を強く保つためのお守りのように、愛用するようになっていたのだ。

目の前で、ネックレスに手を当てたまま眉根を寄せた沙織を、圭佑はじっと見守って答えを待っていた。

圭佑の要らぬ誤解を解こうと沙織は口を開きかけたが、あの頃の惨めな気持ちが湧き起こり、価値のない女性として踏みにじられた思い出は、自分を卑屈にしてしまう。

自分には再婚はまだ早いのだろうかと思った矢先、叶望が屈託なくネックレスの説明をした。

「これは、ママが自分で買ったんだよ。パパはママに何にもあげなかったの。だから買ってあげてって頼んだのに、ダメだって言ったの。ママはネックレス欲しかったんだよね？良かったたね。もらえて」

不覚にも涙が出そうになったのを必死で押しとどめ、沙織はハートのネックレスを外し、圭佑からのプレゼントを代わりに着けた。

「ごめん。余計なことを言って、辛いことを思い出させたね。でも、絶対こっちの方が似合うから……」

喉の奥が詰まったように熱くなり、お礼を言うこともできず、沙織は何度もうなずいた。

「ママ、きれい。叶望にも貸してね」

思わず吹き出した途端、こぼれた涙は笑ったせいにして、沙織は絶対だめと首を振った。

「いつもながら、君たちは良いペアだね。どっちが欠けてもダメだから、今度は叶望ちゃんにプレゼント」

圭佑が差し出した箱の中身は、叶望が大好きなテディベアで、先ほど圭佑が沙織に贈ったような真っ赤なバラを抱えていた。

そのバラの一つが人工のルビーでできていて、クマの首のチェーンを外してバラのトップをつければ、叶望用のネックレスになった。

「うわ～っ。うれしい。ありがとう！」

大好きなベアを箱から取り出し、愛おしそうに抱きしめた叶望が、箱の中に残されたカードに目をやった。添えられたカードには『僕の娘へ』と書いてあった。

笑顔が消えて、急に神妙な顔でカードを手にした娘の手元をのぞき込もうとした沙織は、「ごっつんするよ」と、叶望に止められた。

その声がかすれているのに気が付いて、圭佑に目を向けると、優し気に叶望を見つめている。

「えへへ……、クリスマスのプレゼントのお願い叶っちゃった」

「テディベアが欲しかったなんて聞いてなかったわよ」

沙織がそっと叶望の頭に自分の頭をぶつける。

「テディベアが欲しかったんじゃない……」

叶望がカードを沙織によこしてみせて、その腕に顔を埋めた。

（パパが欲しかったんだもん）

娘の心の声が聞こえたようで、沙織は優しく叶望の背中をなでながら、この幸せな瞬間を一生忘れないでいようと思った。

## 古城の砦―宝探し―

ライン川を人生に例えるなら、記憶というものは、その人生の流れに浮かぶ船のようだと沙織は思う。

流れは一方向だが、さかのぼろうと思えば一定量の水と幅があればどこまででも行ける。

その流れは穏やかなときの心地よさ、澱（よど）んだときの不快さ、ローレライの誘惑に勝てず破滅の危機をはらんだ恐怖など、思い出す箇所によって、記憶（ふね）の揺れ具合が違う。

叶望とともに、手のかかる圭佑を引っ張りながら、沙織はたくさんのクルーズ船に目をやった。

「あの船、他の船と違って大きいわね？」

「ああ、あれは食事だけする遊覧船と違って、宿泊できる船だよ。プールやバーも付いてる」

「ええっ？　海じゃないのに宿泊できる船があるんだ。いいな～。プール入りたい」

「叶望なんかライン川で十分だ。落としてやろうか？」

「んじゃ、もう引っ張ってあげない」

叶望が圭佑の手を離すと、圭佑はやんちゃな子供みたいにすねる。

「せ～っかく人が誕生日祝いに古城に連れてきてやったのに、冷たくないかい？　お礼もまだ聞いてないし。ありがとは？」

今度は叶望がすねたように唇を尖らせ、もごもごと小さな声で「ありがと」と呟く。

「ここはなかなか予約が取れないんだぞ。風呂だって付いてない部屋もあるのに、豪華なバス付きの部屋を取ってやったんだぞ。ありがとは？」

こんな調子で二人が離れている距離を埋めるのは、いつものことだ。

いつだったか、会社の人たちが集まるパーティーで、叶望が圭佑の子供っぽさを暴露したとき、一瞬にして場が固まり、部下の一人が驚いて沙織に本当か確認したことがある。

会社では、仕事一途で真面目な橘所長が、叶望と『宝探し』と称する水の中のスーパーボール争奪戦を繰り広げる姿を想像できなかったらしい。

それを聞いて、圭佑がどれだけ叶望と親子の絆を結ぼうと努力したかが分かり、沙織はますます圭佑への愛情を深めたのだった。

もちろん、ぬるま湯に浸っているような快適なだけの関係が続いたわけではない。子供のいなかった圭佑がいきなり小学校六年生の娘を持ったのだ。お互いに勝手が違い過ぎ、遠慮では何も解決しないと分かったときに、爆発したこともある。

でも、沙織は思うのだ。最初から親だった人なんて誰もいないと……。

親に大切に育てられた者たちが、同じように相手に大切にされると期待して結婚したとき、当てが外れて喧嘩になるのは普通の夫婦と同じだ。しかも、子供が優先という観念がなかった圭佑には、我慢することも多かっただろう。それは沙織も同じで、血のつながっていない父親を嫌わせないために、圭佑の不満を自分の言葉として叶望に伝え、嫌な役目は全部自分が被って、圭佑の良い部分だけを叶望に見せ続けたのだ。

だから叶望は、圭佑に遠慮もしないでわがままを言ったり、怒ったり、甘えたりする。はたから見れば、私たちは仲の良い普通の家族と同じだが、そもそも、普通の家族って何だろう？　と沙織は考える。

今感じている信頼と安らぎは、叶望の本当の父である羽賀利輝とは築けなかった。

あの頃を経て、今の生活をより大切だと実感できるとしたら、あの苦しみも決して無駄ではなかったと思いたい。

そうして沙織の記憶の舟はさかのぼる。

ローレライが誘惑し、湧き起こった黒雲と暴風雨に取り囲まれ、何の対処もできずに、岸をも砕く荒波に放り出されて、もがいた日に……。

浮上しようにも、渦巻く水流に引き込まれ、回転し、もう上下の感覚もないまま、泳ぎ疲れた破滅の時代へと……。

# 羽賀の砦

カラカラと勢いをつけて回る八角形の抽選機に、緊張した面持ちの人々の視線が集まっていた。

背後には、来春竣工予定の小高い丘にそびえ立つ高級マンションの写真が、堂々と展示されている。室内のイメージとして、テラコッタの床に全面ガラスのサンルームが付き、三方をワンフロア分のルーフバルコニーで囲まれたモデルルームの写真が紹介されていた。

一等地の高台からぐるりと見渡せるワイドビューは話題を呼び、重なった購入希望者に平等を期するため、抽選会が行われていた。

その話題になったモデルルームは、今まさに運命の回転を始め、一体どんな人がこの幸運にあずかるのだろうと、既に部屋が確定した人々までが固唾(かたず)をのんで見守っていた。

ころん……と躍り出たのは白い玉だった。

重なった購入希望者の一人であるブランド品に身を包んだ品の良い婦人が、祈るように胸の前で組み合わせていた手を口元に移動させた。

「そんな！　どうしたらいいの？」

悲痛なうめき声とともにふらふらと立ち上がった婦人は、有名なブランドバッグからスマホを取り出し、多分ご主人であろう相手に抽選が外れたことを報告し、指示を仰いだ。電話を切ったあと、硬い表情で沙織たちの前を通り過ぎた婦人は、まだ高層階に空きがあるかを確認しにいった。

それまで、どうせ当たらないからと、他人事（ひとごと）のようにゆったりと構え、その悲劇の寸劇を見物していた羽賀沙織は、小走りに退散した婦人を見て急に現実に返り、娘の叶望（かのん）を膝に抱えた夫、利輝の腕をつかんで揺すった。

「嘘？　白い玉って……」

手元にある白い札を見て絶句する沙織の前で、カランカランとベルを鳴らした販売担当者がにっこりと笑い、幸運な人物を声高らかに発表した。

「おめでとうございます。十二階のモデルルームは羽賀様ご家族のご当選です!!　お手続きをいたしますので、どうぞこちらに」

人々の視線を一気に浴びて、沙織は心の動揺をさとられまいと、うつむいた拍子に肩から流れた黒髪に顔を隠した。

(当たっちゃった！　どうしよう！)

うろたえる沙織の肩を押しながら、叶望を抱いた長身でハンサムな利輝が、パーティションの奥へ消えるのを見て、人々はモデルルームに似合いの絵に描いたような家族に羨望の眼差しを送った。


引っ越しまでの四、五カ月は、娘の転園先を探したり、家具やカーテンを一新するためにあちこちのインテリアショップを回ったりと目の回る忙しさだった。

洋風を好む利輝は輸入家具店を調べ、仕事が休みのたびに沙織を連れていき、意見を求めた。並んだ家具の値段に尻込みした沙織は、派手好き、散財好きな利輝の懐を心配する余り、控えめな家具しか選べない。

そんな沙織に利輝は業を煮やし、結局は自分の好みの家具を次々にオーダーしていった。

「お前はいつも自分の意見をはっきり言わない。こんなに店を回ってやっているのに、もっと積極的に選ぶとか、楽しそうにしたらどうだ」

沙織の膝の上で叶望が眠ってしまったのを見計らい、利輝は帰りの車の中で沙織に不満をぶつけた。

マンション購入代金の半分近くは、沙織の親から借り入れたものである。いくら利輝が年収数千万円の高給取りであったとしても、ほとんどが歩合給のセールスで稼ぐサラリーなので、先々を考えれば堅実な貯蓄も必要になる。それなのに、利輝は手に入るお金を次々に使ってしまうので、沙織は不安で仕方ないのだ。

そもそも今回のマンションの件だって、貯金がほとんどないのに購入しようと利輝が言い出したのが発端だった。だが言い出したらきかない利輝をあきらめさせるため、購入に乗り気なフリをして、無理な要望を出した沙織の完全な誤算でもあった。「一番人気で高価なモデルルーム」と、沙織が出した難題を真に受けて、利輝がその気になって申し込んだ、その結果がこの当選だった。

勝気な利輝をあおってしまった自分にも非があると、沙織は気持ちが重かった。

ただ、あまりにも性格が違い過ぎて、日増しにかみ合わなくなり、空中分解寸前の自分たちを押し込める入れ物が必要だと、どこかで感じてもいた。

そんな浮かない顔の娘を心配して、両親が融資を申し入れてくれた。返せるだろうかと心配になり、沙織はいったん断ったものの、何度もかかる電話に折れて、必ず返すからと受ける形になった。

そうした経緯を知っているのに、まだこんな高級家具の借金を重ねるなんて……。不満をぶつけたいのを我慢して、沙織は平たんな口調で返した。

「私も真剣に考えて選んでいるつもりだけど、私の好みは考慮してくれないじゃない」

「お前の真剣さが足りないから、俺が満足する家具を選べないいんだ」

(やっぱり自分が満足したいだけで、私が満足するかどうかは二の次なんじゃない！)

わかってはいたが、当たり前のように言い放った利輝に呆れて、沙織はやってられないと首を振った。


そしてついに、販売業者が指定した引っ越しの期日がやってきた。

大理石の床を傷つけないように、エレベーターまで続く長い廊下はブルーシートで覆い隠され、広いエレベーターの内部も運ばれる家具類で傷がつかないように、ブルーのプラスチック板で覆われている。高級内装を安価な素材で隠した様子は、まるでバラックに迷い込んだような違和感を抱かせた。

沙織たちの引っ越しは明日だが、ほとんどの家具を複数の輸入家具店から購入したので、先に新しい家具を搬入してもらうことになり、昼過ぎから始まってようやく今終わったところだった。外で一息入れた後、もう一度室内を見て帰るつもりで十二階のドアを開ける。大理石の玄関で靴を脱ぎ、鏡張りの廊下を抜けて広いリビングに出ると、そこにはパンフレットにうたってあった広大なパノラマビューが一望できた。

マンションが建つ小高い丘の南側は、道を挟んでずっと下に低層住宅がまばらにあるだけで、あとは四、五キロ先の丘陵地帯に至るまで木々が続く。サンルームのある西側には広大なお寺の敷地が広がり、濃い木立がその建物を覆い隠していた。

その下っていった先にはマンションなどが立ち並ぶが、こちらは丘の頂上であるのと、間に緑があるので、視線上にあるのは空だった。

マンションの東側と北側は林立するビルに面しているので、南東の角部屋より、緑に面した南西の部屋の方が高価だった。

幅十メートルほどのパノラマビューは、見る者に俗世を離れ、殿上人にでもなったような満足感をもたらした。

三メートルほどの高さの窓から降り注ぐ光を浴びて、彫りの深さを際立たせた利輝は、長身を屈めて、抱っこをせがむ娘を抱え上げ頬にキスをする。

「ほらお姫様、世界を見下ろした感想は?」

足をばたつかせながら、大好きなパパの薄茶色の瞳をのぞき込み、五歳にしては小振りな叶望がかわいい指を差して聞いた。

「あの塔みたいなのなぁに?」

小さな子供の目は、大人が目に留めもしないような物を探し出し、しばしば大人を慌てさせる。そのときも、遠くに見える丘陵地帯に鎮座した尖塔を見つけたのだった。

「叶望。あれは給水塔っていうお水の塔よ。高い所にある古い団地は、お水が出にくかったから、お水の塔にいったんためてから配ったの」

沙織の説明に首を傾げながら、叶望は四、五キロ先にある小指の先ほどの大きさの給水塔をじっと見て、また問い返す。

「あんな小ちゃい塔にお水をためて配るの?」

遠近法など分からない娘が、本当の大きさも分からずに質問した内容がおかしくて、それまで振り向きもしなかった利輝が、沙織と視線を合わせて吹き出した。

その色の薄い瞳に、娘しか映らなくなったのは、いつ頃からだろう。

抽選会で同席したあの裕福そうな壮年の婦人のように、この部屋を心から望んだわけではない。けれど、この下界から切り離された空間が私たち夫婦を優しく包んでくれるなら、お互いに歩み寄れるチャンスかもしれない……。

そんなことを考えながら、沙織は利輝の傍らに立って、叶望に優しく話しかけた。

「あの塔はね、うんと大きいのよ。遠いから小さく見えるの」

「叶望、行ってみたい。ラプンツェルの塔みたい。きゅ……すい塔行きたい」

おねだりすれば何でも叶えてくれる甘々のパパに、娘はとびっきりかわいい笑顔を見せる。

「ん。いつかね。今日はダメだよ」

給水塔から娘の目をそらすべく、窓から離れた利輝は、お姫様のお部屋にご案内と、廊下へ消えていった。

早春に竣工したマンションの日暮れは早く、パノラマビューも、茜色から、上空に向かってドーンピンクや、ダルピンクのグラデーションを奏でる。

夕闇のオーケストラを楽しんだ後、眼下から這い上るように続く木立の向こうに、人々の息づく灯がちりばめられた。

何という美しさだろう！

この夜景は私たちのもの。ここが私の一生の家になる。そんな喜びを胸にかみ締め、沙織は明かりのない木立を伝い、はるか遠くの給水塔に目を留める。

あの塔にとらわれているのは何だろう？

見切り発車をした見えない未来だろうか？

それは、闇からひっそりそびえ立ち、こちらを見下ろすように、青白く冷たく尖っていた。


羽賀家が丘の上に建つマンションに引っ越してから、初めてのクリスマスがやってきた。

このマンションの南側は森と言って良い程の木々が広がり、なだらかに続く前方の丘陵地帯を覆っているが、丘の下の三方はマンションやビルが立ち並ぶ商業地帯なので、夜になると、クリスマスの時期でなくても、眼下に降るような光が満ち溢れていた。

冬の冷たい空気にさんざめく夜景を堪能しながら、ワンフロアほどある広大なルーフバルコニーに続くサンルームでグラスを傾ければ、どこのしゃれたバーで飲むより、寛げてリッチな気分になれた。

「叶望はもう寝たかな？　そろそろ着替えるから確かめてきて」

いそいそとサンタの衣装を袋から取り出した利輝にうなずき、沙織は足を忍ばせ子供部屋をのぞきに行った。

リビングから漏れる光が、廊下に続く壁を雪洞の色に染め、その反射光がドアが開いたままの子供部屋の内部をぼんやりと浮かび上がらせている。

一歩足を踏み入れ、闇に目が慣れた途端にパチリと視線が合い、叶望がニタッと笑う。

「ねぇママ。サンタさんはいつ来るの？」

どきっとしたのも束の間、沙織はため息をつきながら叶望のそばに行き、掛け布団の上からトントンとあやして眠るように促す。

さらりと胸に流れた黒髪を耳にかけ、沙織は叶望のかわいい頬におやすみのキスをした。

チョコレートブラウンの二重の目が、ゆっくり閉じられるのを見て、沙織は改めて自分に似ているのは目だけだと実感する。

目を瞑ってしまうと、女の子にしては深過ぎる彫りが際立って、自分とは似ても似つかない利輝の面立ちが現れる。

敢えて言うなら、肌の白さも同じだけれど、卵型の顔にすっきりした目鼻立ちの自分は、

料金受取人払郵便

新宿局承認

4946

差出有効期間
平成31年 7 月
31日まで
（切手不要）

郵便はがき

1 6 0 - 8 7 9 1

843

東京都新宿区新宿1－10－1
**(株)文芸社**
愛読者カード係 行

| ふりがな<br>お名前 | | | 明治　大正<br>昭和　平成　　年生　　歳 |
|---|---|---|---|
| ふりがな<br>ご住所 | □□□-□□□□ | | 性別<br>男・女 |
| お電話<br>番　号 | （書籍ご注文の際に必要です） | ご職業 | |
| E-mail | | | |

| ご購読雑誌（複数可） | ご購読新聞<br>新聞 |
|---|---|

最近読んでおもしろかった本や今後、とりあげてほしいテーマをお教えください。

ご自分の研究成果や経験、お考え等を出版してみたいというお気持ちはありますか。

ある　　ない　　内容・テーマ（　　　　　　　　　　　　　　）

現在完成した作品をお持ちですか。

ある　　ない　　ジャンル・原稿量（　　　　　　　　　　　　　　）

| 書　名 | | | | |
|---|---|---|---|---|
| お買上<br>書　店 | 都道<br>府県 | 市区<br>郡 | 書店名 | 書店 |
| | | | ご購入日 | 年　月　日 |

本書をどこでお知りになりましたか?
1.書店店頭　2.知人にすすめられて　3.インターネット(サイト名　　)
4.DMハガキ　5.広告、記事を見て(新聞、雑誌名　　)

上の質問に関連して、ご購入の決め手となったのは?
1.タイトル　2.著者　3.内容　4.カバーデザイン　5.帯
その他ご自由にお書きください。
(　　)

本書についてのご意見、ご感想をお聞かせください。
①内容について

②カバー、タイトル、帯について

弊社Webサイトからもご意見、ご感想をお寄せいただけます。

ご協力ありがとうございました。
※お寄せいただいたご意見、ご感想は新聞広告等で匿名にて使わせていただくことがあります。
※お客様の個人情報は、小社からの連絡のみに使用します。社外に提供することは一切ありません。

■書籍のご注文は、お近くの書店または、ブックサービス(0120-29-9625)、セブンネットショッピング(http://7net.omni7.jp/)にお申し込み下さい。

どちらかというと和風テイストだ。

そんなことを考えていたとき、南側のテラスから回り込んで、西側のルーフバルコニーに面した子供部屋の窓から、サンタに変装した利輝が入ってきた。

「フォ～ッフォッフォッフォッフォッ。良い子はネンネしてるかな？　プレゼントを持ってきたよ」

あまりにも芸のない棒読みのセリフに、のけ反りそうになりながら、沙織は娘の顔に視線を戻して反応を見る。

「わぁ～～、サンタさんだ！」

沙織がかけ直した布団を跳ねのけて、キラキラ瞳を輝かせた叶望が、がばっとベッドに飛び起きた。

「叶望、寝てないと、プレゼントもらえないわよ」

沙織が眉を少し上げげなら、クルッと目を回すと、叶望が慌てて跳ね返した布団に潜り込む。その様子がかわいくて、その頬をなでた後、沙織はサンタに場所を譲った。

首まで潜った布団から、興奮した顔をのぞかせて叶望がじっとサンタを見る。

「声がパパに似てる～。パパはおひげないけど、お顔もパパに似てる」

あっ、しっかり見破られていると内心苦笑しつつ、沙織はサンタを援護する。

「サンタさんは外国人だから、彫りの深いパパとお顔が似るのかもね」

「ふ～ん。サンタさん、ソリに乗ってきたの？　トナカイはどこにいるの？」

「北側のテラスに止めたから、このお部屋からは見えないよ」

あまり長居をすると、ボロを出しそうなサンタさんは、ソワソワと袋からプレゼントを取り出し叶望に渡した。

「フォ～ッフォッフォッ。プレゼントだよ」

なんかどっかの怪獣みたいと、取ってつけたような笑い声に、また吹き出しそうになりながら、沙織はこの幸せがずっと続きますようにと、祈らずにはいられなかった。


金融関係のセールスをする利輝は、一家の主が帰宅した後に、その家庭に説明をしに赴くので、マンションに戻るのは夜中過ぎになることが多く、土日もほとんどいなかった。

転職してまだ数年ではあるが、歩合給が付くため、三十代前半にしてその年収は数千万円にも上った。見栄えが良くて、口説きがうまい利輝には、天職といえるかもしれない。

ただ、家族にとって良いことばかりではなく、しがないサラリーマンが急に大金を稼ぐようになれば、自分が大きくなったような気持ちになり、それまで苦楽をともにした代わり映えのしない妻を疎んじるようにもなる。

沙織は、叶望に寂しい思いをさせないようにという利輝の希望で、得意な英語を使う貿易事務の仕事を辞め、ほぼ専業主婦になった。

友人の間宮玲子とその夫が経営する派遣会社の仕事を、たまに手伝うこともあるが、叶望が幼稚園に行っている間だけに限られた。

沙織は普通のサラリーマン家庭で、堅実な金銭感覚が身につくように育てられたので、社会人になってから申し込まれた交際も、環境やお金の付き合いで無理しなくても済むように、自分に近いサラリーマン家庭で育った利輝を自然に選んだ。若い利輝の月給が安いからといって不満を感じることもなく、ある物で工夫をして暮らすことに喜びを覚えた。そのため、利輝の転職で使えるお金が増えたからといって、沙織の考え方が急に変わるわけではなく、外面上にもあまり変化は見られなかった。

一方、交友関係がどんどん広がり、派手になっていく利輝には、変わらなさすぎる沙織との感覚のズレはもはや受け入れ難く、存在自体が重く感じられるようになっていった。

セールスは行動力第一という性格を物語るように、利輝は思いつくと、あれこれ手を出してはお金を使い、そして手に入れるとすぐ飽きてはそのまま放置するので、利輝の後には、足跡のように物が点在した。

ある日、土曜日なのに、珍しく仕事のアポイントが入らず家にいた利輝が、自分の部屋だけでなく、豪快にリビングまで散らかしたので、沙織はなりふり構わず後片付けをしていた。

利輝の部屋の前に、脱ぎっぱなしにしてあった背広を拾いあげ、ハンガーにかけようとしたそのとき、ポケットからのぞくレシートに目がいった。

こんなくしゃくしゃにしたら会計士に出すときに困るだろうと、しわを伸ばすため、引き抜いたレシートに何気なく目を落とした沙織は、思わず声を上げそうになった。

震える手の中のレシートに何度も視線をはわす。喉の空気を奪われたように息苦しくなり、その場にしゃがんで大きく肩で息をした。

それは、風俗店のものだった。

ショックで固まったのも束の間、利輝と叶望が大声で騒ぎながら、ドライブの計画を立てているのが聞こえてわれに返り、動揺してうまく動かない手でレシートを元に戻した。

こういうものを見たとき、普通は問いただすべきなんだろうか？　事が事だけに、友人に聞くわけにもいかず、どうしようかとためらう。

うろたえている沙織の背後のドアから、いきなり叶望が飛び込んできて、ドライブに行くよと、震えているその手を引っ張った。


車内では、はしゃぐ叶望と利輝の大きな声が響いている。

まるでそれを別空間から流れるノイズのように感じながら、沙織は顔だけ笑って家族ごっこに付き合い、心の中では自分が知らない夫の隠れた性を想像した。

でも、それがどんな場所で、どんなことをするのか、さっぱり分からない。

もう今では疎遠になったが、自分に与えられた進歩のない技巧を考えれば、多分、一方的に任せるだけのものなのだろう。

トンネルに入ると、凍えて固まったように青ざめた女の顔が、窓ガラスに浮かび上がった。

次から次へと、後ろに飛び去るオレンジ色の光は、まるでコマ送りのフィルムのように、中身のない虚構の家族を映し出す。

私たちは何のために一緒にいるんだろう？

もちろん叶望のためだが、上辺だけ取り繕おうとすればするほど、塗りこめられた内部がずくずくと痛んで、壊死が広がる。

ふと目の前が明るくなり、トンネルを抜けたことに気が付く。

（いいじゃない。浮気って言ったって、特定の女とじゃなくて、風俗店でのことだもの。プライドの高い利輝が、風俗嬢に血道を上げることは考えられないし、私も身体に負担をかけなくて済むもの）

起こった出来事に蓋をする決意をして、顔を上げると、いつの間にか目的地に着いていた。

叶望がお馬さんを見たいと言ったので、白馬のいる神社の境内へと足を踏み出した。

砂利道に足を取られるために叶望を抱っこした沙織は、へとへとになりながら、抹茶を飲ませてくれる休憩所に向かう。

木のテーブルに着いたとき、隣のテーブルで奥さんにやり込められ、不満をくすぶらせた初老の男が沙織たち家族を見た。

モデルばりの男と、後片付け中に急に駆り出された化粧っ気のない女と、ブランドの子供服で飾られたかわいい幼女を見比べて、鬱憤（うっぷん）を晴らすには良いカモだと思ったのか、同性同士の愚痴に巻き込むように、男性は利輝に馴れ馴れしく声をかけた。

「兄さん格好いいね。男優さん？　それにしても、あんたも大変だね、あんなくしゃくしゃの奥さんがいて……」

えっ⁉　それは自分のことを言ったのかと、信じられない思いで見返すと、その隣では、格好いいと褒められて、気を良くした利輝がへらへら笑っている。

心の中で、マグマが渦を巻いて迫り上がった。

私は一体、利輝の何だろう？

利輝が散らかした後を、必死で片付けても、感謝の言葉もない。それどころか、風俗店で処理をした証拠のレシートまで見つけ、必至で自分を抑えて、叶望のために家庭を守ろうとしているのに、今の態度はどうだろう？

他人の中傷から妻をかばいもせず、一緒になって笑うのか⁉

私なら、どんなに至らない夫だからと言って、見も知らぬ他人の心ない軽口には乗らないし、もし自分が夫の立場なら、この人は私の妻であって、奥さんから見下げられているあなたに、何も言われる筋合いはないと言い返すだろう。

そこまでハッキリ言えないかもしれないが、家族を守ることはするだろう。

この、自分のことしか考えない、薄っぺらな男は誰なんだろうと、沙織は利輝を冷視した。

強張った雰囲気は、小さな娘にも伝わったようだ。沙織の膝から降りた叶望の足先に転がった石は、沙織にふと、抽選機から転がり出た白い玉を連想させた。

埋めるつもりだった夫婦の溝は、どんどん深くなっていく。モダンでしゃれたマンションが、家族をつなぐ心の砦になるのではと期待したのはずっと遠い昔のことのように感じられた。

希望を託した住処が、このまま不信感と不満に満ちた出口のない檻へと変わり、憎悪という足枷でつながれるのではという予感に、沙織は小さく身震いしたのだった。

広がる不穏な気配を感じながら、先の見えない不安に潰されまいとやり過ごしていたが、わずかな希望の光さえのみ込む崩落が起こった。

闇の日々に突き落とされたのは、叶望が小学校四年に上がった年だった。

外泊が続き、ほとんど家に帰ってこなくなったパパの心を取り戻そうと、勇気をふりしぼった叶望が、明後日の土曜日は遊んでねと電話をかけた翌日だった。

友人の営む派遣会社の手伝いを終えた沙織が帰宅すると、利輝の荷物がマンションから全て消えていたのだ。

寝室のウォークインクローゼットを開け、中の衣装をかき分けて、自分の服しかないのを知った沙織は、利輝の部屋に走り入り、タンスを乱暴に開けた。

掛かっているはずの背広も、沙織がアイロンをかけたワイシャツも全て消え、空っぽになった木の箱の前に立ちつくす。思考が停止し、ずしりと足の裏に重力を感じた。人間あまりにもショックなことがあると、動けなくなるのだと初めて知った。

沙織の頭に、数週間前の夜中のメール受信音が響く。


利輝のスマホに送られてきたメール。

夜中の二時に帰ってきた利輝はシャワーを浴びていた。人のスマホを見るなんて、手紙を見るのと同じでいけないことだと思いつつ、ある予感にかられて、沙織は画面を開いた。

(今日はありがとう。一緒に過ごせて幸せだったわ)

スマホを持つ手がブルブル震え、今までの抑えていた感情が爆発した。

(寝取った気分はどう?　恥知らずのバカ女!)

止めろと頭で声がする。指が送信矢印にかかる。取り返しのつかない状態になるぞと警告が心で響く。床にペタンと座り込んで、天井を仰ぎ見た。思い出したのは、背広からこぼれた風俗店のレシートだった。

指が自然に送信しにかかる。

叶望は……どうなる？

パパを大好きな叶望を修羅場に巻き込む気？

でも、私は、私自身はどうなる？　この膿んだ気持ちを抱えて普通にできるの？

動かない画面が暗くなりかけた頃、シュワ～ッという送信音が響き、スマホの光にあぶり出された瞬きのない虚ろな目が、暗闇に儚く浮かび上がったのだった。

そう、利輝は彼女を選んだんだ。

叶望のために耐えてきたお手伝いロボットは、もう不要ということだ。

情けなさに沙織はタンスの扉にすがりつくように立ちながら、内側の鏡に映った女の形をした人間を見た。

自分を憐れむ気持ちがあるのは、まだ余裕があるということだ。

こんなときまで、冷静になろうとして、涙も出ないなんて……。

《涙》からハンカチを連想した沙織は、はっと踵(きびす)を返して洗面所に入り、壁一面の扉を開けた。

家族ごとの棚に、新品と使っている下着類が分類され、きれいに隙間なく収納されているはずだったが、利輝の棚の新品の下着は、すっぽりと抜き取られ、使い古した下着だけが残っていた。

か～っと頭に血が上った。下着の山を崩し、床に叩き落とす。

足で踏んでにじり、また拾いあげて引き裂いた。

「こんな、こんな汚いもの残していくな！」

顔がゆがみ、涙がせきを切ったように溢れ出た。

下着に触れないように、うわ～～～っと床に突っ伏して泣き崩れた。

泣きつくし、全身から発した熱も冷め、虚脱したように壁にはめ込まれた引き出しにもたれていた沙織は、よどんだ目で汚物でしかない下着の山を見た。

泣いて手に力がなくなったので、リビングに行って、ハサミを手にし、下着類を切り刻む。

そして、中身の見えない袋に入れて、自分の気持ちと一緒に封印し、可燃ごみ行きにした。


学校から帰った叶望は、いそいそと明日のパパとの約束のために、洋服やら、学校で描いた絵と、手作りのプレゼントを用意し始めた。

だが、次の日になっても、叶望のパパは現れなかった。

スマホにかけても、不通なので、沙織に連絡を取ってとせがむ。

視線を外した沙織に不安を覚えた叶望は、利輝の部屋に行き、扉が開けっ放しの中身が空っぽのタンスを見つけた。

「パパは？　パパの荷物は？」

すがりつくような瞳に、沙織はうろたえた。

転勤と言ってごまかそうにも、利輝と連絡がつかないのでは、いつまでごまかし切れるか分からない。

まして大事な娘と約束した前日に、荷物まで運び出して、約束をほごにする人非人を、かばいだてする気持ちなんか持てるはずもない。

「パパは出ていった」

迷った末、真実だけを告げると、叶望は目をみはった後、その言葉を反すうしているように瞳を左右に揺らしたが、やがて動かなくなった。

「おいで、ママと遊びに行こう」

うつむいた叶望の顔をのぞき込むと、視線が合わず、瞳にも光が感じられない。

帰ってこなくなったパパの愛情を取り戻そうと、不器用な娘が作ったプレゼントが倒れた紙袋からのぞいている。

じくじくとした痛みが湧き起こった。

物のように簡単にわが子を捨てられるなら、愛情なんか最初からかけなければ良かったのに……。

叶望が行き過ぎた行動をしたときに、しつけのためと沙織が注意するのにも文句を言うくらい、利輝は叶望を御姫様扱いにしていた。

そんなパパの愛情を、突然失った叶望のショックは、はたからでは計り知れない。

心に受けたダメージは叶望から言葉を奪った。しゃべらなくなったのである。

沙織は辛抱強く、叶望の気を引きそうな話をし、楽しめそうな場所に連れていった。

自分だって慰めが欲しいときに、叶望の突然の失語症は、あまりにも痛かった。

叶望を事あるごとに抱きしめ、笑顔で告げた。

「ママはずっと叶望のそばにいるよ」

反応のない叶望に構わず、あなたを愛してるんだとささやき続け、今起きていることは大したことじゃないと楽観的な物言いをした。

「パパはお仕事で夜は遅いし、土日だっていなかったから、出ていっても変わらないね。その分、ママがパパの代わりもしてあげる」

そして、娘の柔らかな頬にチュッとキスをする。くすぐったそうに首をすくめた娘の反応をもっと大きくしようと、沙織はチュッ、チュッと何度も何度も、顔中にキスをする。

途端に叶望がクスッと笑った。

ぎゅっと叶望を抱きしめた沙織は、心に誓う。私は泣かない！　泣いている余裕なんてない。

今は叶望をケアして、立派に育てよう。

いずれ捨てていったものの大きさに気が付いて、利輝が後悔するようになったとき、私

羽賀の砦

はこの別離が、幸せへのスタートだったと思えるような生活をしていよう!!

# 古城の砦―呪いの御礼―

「沙織ちゃん、チェスがあるわよ」

古城の中に入ってすぐ、ロビーの横の石壁のアーチをくぐると、赤い絨毯の敷かれた図書室があった。古い本が並ぶ本棚の横には暖炉があり、その前に置かれたアンティーク調のテーブルの上に、大理石のチェス盤が置いてあった。

「圭佑さん、叶望と対戦してみたら？」

「手加減しないと怒るからヤダ！」

「うっそだー！　負けるのが嫌なんでしょ？」

叶望が肘で突いてあおるが、圭佑は俺はカメラマンをやると言って、沙織と叶望をテーブルの角を挟んだ席に座らせた。

古城に泊まるのに合わせ、二人はクラッシックなワンピースを着ていたので、鋳物のシャンデリアやゴブラン織りのアンティークチェアーを入れて撮ると、なかなか良い絵になった。

「チェス、久しぶりだね。これを覚えた理由を話すと、大学の友達はみんな笑うわよ」

「でしょうね。私は圭佑さんに、囲碁教えてって言ったのよ。そしたら将棋なら教えられるって、いきなりチェス盤出すんだもん」

「将棋もチェスも似たようなもんだろ？　海外で手に入る盤っていったらチェスの方だし」

三人の笑いに誘われて、同年代の外国人夫婦がチェスを見学しにきた。

男性が英語で、沙織と叶望の対戦を褒めて、二人のコーチはあなたかと圭佑に聞いた。

それに反応して、叶望が盤から顔を上げ、圭佑より先に答えた。

『最初はそうだけど、今では私が教える方よ』

『何を生意気言って……、チェス用語も知らないくせに』

コツンと圭佑が叶望の頭を小突いたのを見て、夫婦が笑いながら、仲の良い父娘（おやこ）だねと沙織に話しかける。

『ええ、どっちも子供過ぎて、世話が大変なんです』

今度は圭佑と叶望が、沙織の頭を同時に小突いたので、夫婦は大笑いしてから、良い時間をとあいさつして去っていった。

それからしばらく、沙織と叶望は真剣にチェス勝負をし、その傍らで圭佑は古書を読んだ。

沙織が自分のポーン（歩兵）を移動させる。

こんなふうに何度、圭佑の暮らすアメリカへ渡っただろう。

叶望のナイト（騎士）が、斜め前方に飛び込んできた敵兵に飛びついて、沙織のポーンをかっ攫う。

プロポーズされ幸福に浸った気分を、狙ったようにかっ攫ったのは、圭佑の本格的なアメリカへの赴任だった。悩んだ圭佑が出した結論は、単身赴任だった。内気で心に傷を持つ叶望を、自己主張しないと無能と見なされる国に放り込むことを心配したからだ。

圭佑が三人のために購入したマンションで、ほんの一カ月だけの共同生活を終えた頃、目の前のポーンのように圭佑の荷物が引っ越し業者によって運び出された。

再び空になったタンスとウォークインクローゼットを見て、沙織はむせび泣いた。

また、こんな苦しみを味わうとは思いもせず、圭佑が帰国したときに使う数枚の衣類を、沙織は形見のように抱き、ほんのわずかに残るコロンを嗅いでは、孤独と寂しさを癒そうとした。

「沙織ちゃんの番だよ。どうしたの？　取られたのがショック？」

「ううん。だってこれわなだもんね」

サクリファイスという技の名前さえ知らない沙織が、自分の兵隊で誘導した叶望のナイトを、自分のナイトで打ち負かす。

そう、泣いてばかりではいられなかった。

コロンの残り香はすぐ消えたが、主のいない結婚生活を維持しなくてはならなかったから。

時差もあり、研究所にこもる圭佑とは容易に連絡を取ることもできず、頼れるのは自分だけだった。まるで母子家庭のようだが、違ったのは捨てられた惨めな母子ではなく、海外赴任する夫を待つ母子として、周囲に受け入れられたことだった。

叶望がルーク（城）を使って、沙織のナイトをなぎ倒して、得意げに笑う。

私の側に、守ってくれるナイトはもともといない。だから、相手に期待して不平や不満を持つこともない。私自身が戦うクイーンになって家族の居場所を守るだけだ。

沙織は、縦横無尽に移動するクイーンを使って、叶望の城を落とさせた。

「うわ〜っ？　やってくれる！　城砦がなくなっちゃった！」

「ふふっ……。王様、叶望に何かアドバイスは？」

英語の古書から目を上げた圭佑が、盤上の駒を見て処置なしというように首を振り、沙織のキングに手を伸ばそうとする。

「あんぽんたん！　ズルは駄目！」

伸びてきた手を叩き落とし軽くにらむと、圭佑と叶望が組んで、沙織に文句を言う。

「子供相手に本気で勝負することないのにな」

「そうだよね〜。大人気ないよね〜」

「残念ながら、叶望は今日成人になりました。もう子供じゃありません！」

こうなってくると、もう真面目なチェスゲームに戻れない。試合は流れ的に沙織の勝ちだが、負けず嫌いの叶望は負けを認めたくないので、このままごまかして逃げるつもりなのだろう。

二対一のじゃれ合いをしているときに、圭佑のスマホが振動した。

「あっ、会社からだ。ちょっと出てくる」

圭佑は財布から小さな紙を取り出し、読みかけの古書に挟むと席を外した。

「何だろう、この細長い画用紙みたいなカード」

叶望が古書を開いて、そのしおり代わりのカードを見た途端、ぱぁっと顔を輝かせた。

沙織もその手元をのぞき込み、目をみはって懐かしいと呟いた。

圭佑が住むアメリカの部屋を、叶望と一緒に初めて訪ねたときの思い出がよみがえる。

叶望の夏休みを利用して一カ月滞在した後、叶望の余っている英単語帳に言葉を綴って、いろいろな所に隠したのだ。

冷蔵庫に一枚……【ちゃんと食べて、栄養をとってね】

タバコの箱に一枚……【吸い過ぎちゃだめだよ】

「こんなの見たら、きっとうるさいわってブツブツ文句言ってつまんで捨てちゃうかも……」

沙織と叶望は、圭佑がメッセージカードを見つけたときのことを想像して、くすくす笑い合ったものだ。

ワインボトルの下に一枚……【飲み過ぎちゃだめだよ】

畳んだ長袖ワイシャツの間に一枚……【衣替えの季節だね。風邪ひかないでね】

夏の終わりに帰国する沙織は、どのくらいしたら、このカードを見つけるかしらと、圭佑に会えなくなる寂しさをぐっと堪えたのだ。

そして、一番見つかりにくい配電盤の中に一枚……【離れていても、いつも圭佑さんを想っています。あなたの家族の沙織と叶望より】

手にした懐かしいカードを、沙織は何度も指でなぞってしみじみと漏らす。

「見つかっちゃったね。このカード」

「きっと家の中をくまなく探し回ったんだよ」

「そうだぞ。呪いの御札(おふだ)だ」

いつの間に戻ってきたのか、圭佑が後ろに立っていた。

「なぁに？　呪いの御札って……」

沙織が吹き出し、叶望が文句を言った。

「失礼だよね？　二人で一生懸命書いて隠したのに……」

圭佑は、文句を言いながら目元が笑っている叶望から、その札を取り返して、財布にしまった。

「こんなの置いていったら、一人になったときに余計寂しくなるだろ？　だから呪いの御札！」

ああ？　と沙織と叶望は顔を見合わせた。

「寂しかったの～？　イイ子、イイ子してあげまちゅよ」

叶望がふざけて圭佑の頭をなでようとしたのを、うるさいわいと大袈裟に振り払い、ポロリとこぼした本音から気をそらせるように、圭佑が中断したチェス盤を指す。

「もうすぐディナータイムだ。それまで、さぼってないで、チェスの続きをやんなさい」

二人を元の席に座らせると、圭佑も古書の続きに目を落とした。

訪れた沈黙は、気まずいものではなく、シンパシーの真綿で包まれたような心地の良い空間だった。

この人と家族になれたのは、奇跡に等しいと沙織は思う。あのとき、ああしなかったら、今の自分たちはないだろうという偶然が重なったのだが、最初のきっかけは叶望の切なる望みから起こったのだ。

沙織の記憶の船がゆっくりと、家族の源流に向かって動きだした……。

# 橘の砦へ

利輝が四月に家を出た後、裁判所から離婚調停の呼び出し状が届いた。

家族の絆を断ち切る死刑宣告書を手にした沙織は、唐突に足元の板が割られ、吊られるような息苦しさを覚えた。

申し立てる権利は沙織にあるはずなのに、利輝はいろいろと難癖をつけて離婚理由にしたらしかった。

調停委員は、男女一名ずつで、最初のうち男性委員は沙織にクールな態度を示したが、話を進めるうちに態度が柔らかになってきた。

調停の手順は、申し立てをした利輝が調停委員と話し合い、その後、相手の望みを沙織に伝えるのだが、利輝は別れ急ぐかのように一方的に条件を提示してきた。それもそのはず、利輝は不倫相手の女性を、母親にすでに結婚相手として紹介していたのである。

そのことを知ったのは、叶望の口からだった。

ある日、利輝は下校途中の叶望を待ち伏せて、沙織に断りもなく叶望と友人を車に乗せ、遊びに連れ出した。

帰りの遅い叶望を心配して、沙織があちこち探しているときに、叶望の友人の親から夕飯をごちそうになるお礼の電話がかかってきて初めて、叶望が利輝と一緒にいることを知った。

辺りが暗くなってきたので、警察に連絡する寸前だった沙織は、しなくて良かったと胸をなでおろした。と同時に、利輝の身勝手さを今更ながら思い知らされ、はらわたが煮えくり返る思いをした。

帰ってきた叶望は、「連絡ぐらいは入れなさい」と平静に話そうとする沙織と目を合わせず、静かに自室に入った。

何日も口が利けなかった叶望が、ようやくぽつぽつと話しだした矢先だったので、沙織は、自分たちを引っかき回す利輝への怒りを片隅に追いやり、叶望の様子を探るべく部屋に入った。

ベッドに腰かけた叶望に寄り添った沙織は、叶望の頭を優しくなでた。

「お食事はおいしかった？」

努めて明るい声で聞いたのが良かったのか、叶望は沙織の顔色をうかがいながらうなずいた。

「あのね、パパは他の人と結婚するんだって。電話でおばあちゃんと話してたの。赤ちゃんができたんだって」

嘘だよね？　と確かめようとして、沙織にすがりつくような目を向ける叶望は痛々しかった。

聞いた内容はショックだったが、利輝のことで傷ついていたらきりがないと、事前に何も感じないよう、心をブロックしていたので、沙織は顔色も変えず、叶望を膝に抱きあげた。

「叶望とお友達に聞こえるところでそんな話をするなんて、ほんとバカちんだよね。叶望がパパに会いたいなら、これからだって会えるから心配しなくていいのよ。ママはいつも叶望の味方で一緒にいるし、パパとママの二人分愛してあげるからね」

チュッと髪の毛にキスをすると、叶望が笑った。

「会わなくてもいい？」

本当は会いたいだろうに……。

会いたいのは利輝も同じで、だから今日も唐突な行動をとったのかもしれない。

だが利輝には、こうやって無理に会うことで、叶望がどれだけ傷つくのか分からないのだ。黙って出て行ったなら、相手の中の自分の記憶を薄めるくらい間を置く配慮があってもいいはずなのに、パパという地位は手放したくないらしい。

いきなり会いに来れば、パパが帰ってくるかもしれないと叶望に期待させるのに、

「新しい家族を持ったって、お前への愛情は変わらないから、叶望も変わらず前みたいに甘えていいんだよ」と叶望に大人の都合を押しつけたらしい。

パパが言ったことを沙織に話しながら、叶望は首を傾げて呟いた。

「パパはいないのに、どうやって甘えればいいの？　変わらないってどこが？　新しい家族がいるのにね……」

小さな叶望は自分なりに、一生懸命納得する答えを見つけようとしているようで、沙織はその考えをどんなふうに変えても受け入れると話した。

「叶望の好きなようにすればいい。その代わり、ママには毎日会ってね」

チュッと額にキスを落とすと、叶望が抱きついてきた。

小学校四年生にもなって、こんなに甘やかしてはと、他人が見れば批判するかもしれないが、今の叶望に必要なのは、ぽっかり空いた片親分の存在を埋めつくす沙織の愛情だった。

求めれば与えられる愛を知っていれば、気持ちが安定して、どんな困難にも落ち着いて向かっていける人格に成長するはずだと、沙織はその考えを実行し続けた。

調停が始まってから六カ月ほどが経ち、最終日を迎えた裁判所の待合室で、沙織は持論を裏付けるような絵本を見つけて手に取った。

親が離婚したとき、子供をどうケアするかという本だった。そこには、子供をしっかり抱いた母親の絵があった。

涙が出た。

客観的にその絵を見ることで、自分たちがどんな状況に陥ったのかを理解して辛かった。

待合室には、両親に付き添われた同年代の女性がいる。うつむいて顔を隠すが、しゃくり上げそうになり、唇を引き結んで耐えた。

丁度呼ばれて、調停委員から質問されたのは、その絵本のことだった。

「はい、読みました。普段から叶望が寂しがらないように、スキンシップをかかしません」

答えた途端、女性調停員が、ほら見ろというように隣の男性調停員に視線を送ると、彼はばつの悪そうな顔をしてうつむいた。

その様子から、沙織は子供の面倒も見ない女として離婚理由に挙げられていたのだろう。

男性委員が気を取り直したように、養育費は子供が成人まで、大学に行った場合は卒業まで支払われ、住居は中学校卒業まで今のマンションに住んでいいと伝えた。

「離婚の条件で、なかなかここまで出す人はいませんよ」

男性調停委員はいかにも、不具合な女性に対して、ここまでするのは良い旦那だというように話すので、沙織は調停自体がばかばかしくなり、その男性調停員を射るように見つめて質問した。

「羽賀の年収が〇千万円以上あっても、あなたはそう言えますか？」

顔色をなくした男性調停員が、そ、そんなにあるんですかとうろたえた。

「裁判に持ち込みますか？　そうした方が……」

女性調停員が同情してアドバイスをし、男性調停員も同調してうなずいたが、沙織はこれ以上お互いに言い争って、憎しみのナイフでさらに深く傷をえぐる気力は持ち合わせていなかった。育児とフルタイムの仕事を両立させるため、疲れが途切れることはない。

近所付き合いとＰＴＡ役員を、好奇心の目に気が付かないフリでさっそうとこなすのは、平静を保つために掴まった命綱が、尖った岩場でザリザリと削られているようなものだった。

友人である間宮玲子の派遣会社に勤めていたので、調停中の休みは融通が利いたが、裁判になると、弁護士との打ち合わせなどで、今以上時間を割かれるだろう。

親身になってくれる玲子に、これ以上迷惑はかけられなかった。

必死で保っている平然とした態度も、いつ崩れるか分からないほど、疲弊していた。

「両親に借りたマンション購入代金を、全額返してもらうことを条件に、裁判は起こしません。あちら側も相手に赤ちゃんができたので、長引かせたくはないでしょう」

両調停委員は驚いたように顔を見合わせ、もう一度裁判を勧めたが、沙織は首を振った。

男性調停委員が困ったような顔をして、調停離婚ではなく、協議離婚に変更できるとアドバイスをした。

「その場合、取り決めたことを相手が怠ったら、執行を守るように、こちらから履行勧告をしていただけるんでしょうか？」

「協議になると、執行へ関与することが、調停離婚より弱くなりま……」

「では、私は悪者のままでいいですから、調停離婚で終わらせてください」

歯切れの悪い男性調停委員の答えに被せて、沙織はすっぱり言い切った。

両調停委員は眉根を寄せていたが、分かりましたと答え、離婚届けは出す必要のないことなどを説明し、調停の終了を告げた。


あれから一年、利輝が出ていってからは早一年と半年が過ぎ、季節は秋を迎えて、街はオレンジ、黒、紫のハロウィーンの飾りつけでいっぱいになった。

祖父の誕生日祝いで、実家に集まった沙織と叶望、妹家族と一緒に、楽しく会話を弾ませているとき、叶望と従妹の言い合いが始まった。

子供の喧嘩は、できるだけ子供同士で解決させようと、聞き耳を立てていると、どうやらサンタクロースの話が原因らしい。

「サンタクロースは本当にいるよ」

「え〜っ。サンタはお父ちゃんだってば」

十一歳の叶望より、二つも年下の真実が諭す。

「違うよ。パパに似てたけれど、私は本当のサンタクロースを見たことあるもの」

食い下がった叶望の言葉に、沙織は胸を突かれた。

利輝がサンタに変装した話は、子供を除いた大人全員が知っていたので、一同、息をのんで、顔を見合わせた。

この純粋さを守ってやりたいと沙織は思った。もう二度と訪れることのないサンタクロースの実態を知ったとき、叶望は愛されていた過去を想って、余計傷つくだろうか。

不安で何も言い出せない沙織の手を、妹の若葉がそっと握った。

「父ちゃん、サンタがいるって本当?」

真実が、頑として譲らない叶望にしびれを切らし、父親に助けを求める。

義弟がどう答えるか、沙織は内心ハラハラしながら、成り行きを見守った。

「うーん。そうだな。あれだな。叶望ちゃんとこは、家一戸分のテラスがあるから、サンタが駐車スペースを、確保できるんだな。うちのマンションは普通のベランダしかないからな〜、無理だな。あははは」

沙織は黙って、義弟に頭を下げた。義弟は小さく首を振って、こんなことくらい何でもないと、伝えてきた。

「ちぇ～っ。何かひいきだよね。そう思わない？　母ちゃん」

「何言ってるの！　この間、サンタが窓からのぞいたとき、あんたぐ～すか寝てたでしょ」

ふてくされる真実の気分を切り替えようと、祖母がプレゼントは何をリクエストするつもりか聞いた。

「ゲームのソフト！　叶望姉ちゃんは？」

「ん～っ。新しいパパ」

和やかになりかけていた空気が、また凍り付く。大人は危険な話題のほころびを恐れて、動きが取れなくなるが、子供たちは何も気にしない。

「え～っ？　新しい父ちゃん？　ん～っ。でもそれいいね。私も頼もうかな……。そしたら、休みの日に遊んでくれるかも」

「おい真実！　それひど過ぎ！　この間は、休日出勤だったから、仕方ないだろ」

娘の冗談を真に受けて、義弟があまりにも慌てふためく様子がおかしくて、ぴりぴりした雰囲気はあっという間に緩和され、その後は楽しい祖父の誕生日会になった。

実家からの帰り道、沙織は叶望に、どうして新しいパパが欲しくなったか聞いてみた。みんなに気を使わせないよう、二人っきりになるときを、待っていたのだ。

「夏休みもそうだったけれど、今度の冬休みも、みんなパパと旅行に行く話をするの。私は一人だけ話せなくて、つまらないの。だからパパが欲しいなって……。ねぇ、ママ、新しいパパと結婚して！」

良いことを言ったとばかりに、叶望は生き生きと、沙織を見上げる。

少し前までは、その名前の通り、願えば何でも叶えられたのに、今の叶望はどうだろう？　世界一、自分を大切にしてくれていると思っていた父親に裏切られ、周囲の幸せを、指をくわえて見ているしかなくなってしまった。

確かに、あの甘やかされた状態では、将来何も一人で解決できない子になる恐れがあったけれど、それでもやっぱり、自然に父親離れをするのとはわけが違い、突然失った父親に対する憧れが強いのだろう。

（叶望の望みを叶えてやりたい）

沙織は切に思った。

沙織は約束の時間に、結婚紹介会社ハッピーウェディングのオフィスにやってきた。子持ちが結婚できるのだろうかと疑問に思い、ウェブで検索してみたら、結婚紹介のゲームのような性格診断テストが出てきた。

質問の答えを選択していくと、自分に合った相手を知ることができると書いてあったので、娘にせがまれたこともあり、やってみたのだ。

答えは自分のプロフィールを送れば、紹介所から連絡がくるという結果だった。

「なぁ〜んだ。すぐには分からないんだね」と、がっかりした叶望に苦笑して、送るのはちょっと考えてからねと、沙織は画面をそのままにトイレに立った。

パソコンの前に戻ってきたときには、「結果は二、三日後に郵送されますので、楽しみにお待ちください」という文字が躍っていた。

まさかと叶望を見下ろせば、えへへ、送っちゃったと、笑っている。

してやられたと、油断した自分を責めるしかなかった。

そして、二、三日たつと、紹介所から大きな封筒が届いた。

沙織の性格診断の回答と、それにマッチする男性の性格が書いてあった。

こんなのみんな同じような良いことが、書かれているんじゃないかしら？　と、割とバランスの取れた円を見ながら沙織は思った。

性格面、行動力、外交的か内向的か、などが分析されて、読んでいて面白いことは面白い。

電話の音に読むのを中断して、ディスプレイに現れた知らない番号に躊躇しながら、受話器を上げると、ハッピーウェディング結婚紹介所からの電話だった。

書類に紹介した男性は一部だから、ぜひオフィスで、出会いのチャンスを確認してくださいという誘いだった。

どうしようか迷った末、パパが欲しいあまりに沙織に断りもなく、性格診断テストを送信してしまった叶望の気持ちをくんで、のぞきに行くだけ行ってみることにした。

受付の女性に通されて、パーティションで仕切られた部屋のソファーにかけると、沙織は落ち着きなく辺りを見回した。

壁に貼られたホテルのパーティー広告を見て、ネット上で選んだ人と、一対一で会うだけではなく、いろいろなイベントに参加して、出会いのチャンスを広げられることを知った。

そこへ名刺を持った四十代の男性が入ってきて、ハッピーウェディングの課長の笹島だと名乗った。

システムの信頼性や、安全性を話して、来訪者の不安を取り除き、成功例を話して夢を持たせ、最後に金額の話に移る頃には、大抵の人が、新たな出会いに希望を託して、前向きに考えようという気になるような勧め方だった。

沙織は、娘がパパを望むので話を聞きに来たと言うと、笹島課長は一瞬眉をひそめた。

「羽賀さん自身は、結婚をお望みですか？」

その質問の本当の意味が、沙織には、分からなかった。

家族を構成するには、男性が必要で、傷ついた娘のためにだったら、沙織はどんな犠牲でも払うつもりで、ここに来たのだ。

母としての覚悟を垣間見た笹島は、苦笑しながら、一冊のファイルを開いた。

「父親が欲しいのでしたら、ここに母親が欲しい男性のデータがあります。こういう方はどうですか？」

そこには、名前を伏せた障害児を抱える男性のプロフィールがあった。身長、体重、家族構成、最終学歴、趣味、年収、自己紹介を、沙織は真剣に読んだ。趣味の欄には、ただ読書とだけ書かれてあり、会社と子供に時間を使い果たし、自分の時間が取れないのではないかと沙織は疑念を抱いた。

案の定、自己紹介の欄には、障害児の程度や介護人のいる時間帯、それ以外の時間帯のケアのことなどが書かれていて、自分のためというより、子供の面倒を見てもらう人が欲しい気持ちが、ありありと表れていた。

沙織は唇をかんだ。障害児を育てるのは、並大抵の苦労ではないだろう。それを知っていて、血がつながっていなくても、障害児を一緒に育てようと思えるのは、心が聖母のように優しい人か、同じ悩みを持って、協力し合える人か、生活するためなら……と選択肢の限られた人なのではないだろうか。

自分はどうだろう？　立場は違うが、同じように、自分のためではなく、子供のために父親になれる人募集と書くのだろうか？

男性なら養う方なので、それも分かるが、養ってもらう側が、男性のあなたには興味がないけれど、子供だけ大事にしてよという姿勢で結婚して、果たしてうまくいくのだろうか？　いや、それ以前に、こちらだけに都合の良い条件に惹かれる男性がいるとしたら、それこそ、その男性には、結婚できれば誰でもいいという選択肢しか、残されていないのではないだろうか？

自分がどんなに浅はかだったか気が付き、沙織は、おっしゃる意味が分かりましたと、笹島にファイルを返した。

しかし、相手も結婚紹介所の課長である。

沙織に結婚に対する姿勢と、その表現による、周囲の受け止めの違いを考えさせた後、明るい面を示してきた。

「羽賀さんは、真面目で頭の良い方だから、教育者、医療関係者、技術者など、知識のある方たちとお話が合うかもしれません。でも最初は外観から入りますので、いろいろな方から、アプローチを受けると思います。それも、ご自身の魅力だと自信をつけられて、お好みの方と、お話を楽しんでください。結婚をまだ意識されていなくても、本当に気の合う人に出会ったら、恋愛に発展するかもしれません。一度考えてみてください」

電車に揺られながら、沙織は過ぎていく景色を、見るともなしに眺めていた。

地下に入ると、蛍光灯の光に照らされた青白い顔が、窓に浮かび上がる。

長いまつげに覆われた伏し目がちの瞳が動き、自分を捉えると、その生気のない寂し気な顔を観察した。

恋愛……。沙織にとっては、思いもよらない言葉だった。

もう、それは学生時代に一、二度あった化石のようなもので、人を愛するなんて生々しい感情は、とうの昔に忘れていた。

利輝とは、仕事で知り合って、付き合いが始まり、数カ月で結婚を申し込まれた。

条件が良かったため、両親や友人たちなどの勧めもあり、周囲に流されるように、あれよ、あれよという間にお膳立てされて、結婚してしまった経緯があるので、沙織に恋愛感情があったかというと、定かでない。

恋愛……。三十七歳にもなって、恋なんてできるだろうか？

それよりも、傷つけられるのを恐れて、信頼関係を結べるかどうかが問題だ。

それは叶望も同じで、父親のいない家庭で育って、果たして将来、恋愛に屈託なく飛び込んだり、結婚に希望を持てるだろうか？

ふと心の奥に、何とも言えない不安や心許なさが湧き起こる。

もし、出会いを望んだら、誰かが、私を見つけて、愛してくれるだろうか？

沙織は窓に映る外見だけは若く、心は老成してしまった自分を見てため息をつく。

このままでは、血の通わない人形のようだ。

娘の成長だけに目を向けていては、親離れも子離れもできなくなるだろう。

子供はいつか巣立っていく。そのとき、自分のそばには誰もいなくなると想像して、沙織は身震いした。

ただ、現状を維持するための生活にこだわるのではなく、生きることを楽しんで、気持ちの上で豊かな生活を築くことの方が、叶望にとっても、私にとっても良い未来が開けるのではないだろうか。

離婚なんかでへこたれていては、利輝がおとしめた不具合な妻のままで終わってしまう。こんな悔しさと痛みを抱えたまま生きていくのはまっぴらだ。

もう一度女性として歩きだすチャンスを自分に与えてみよう。沙織はそう決心をした。

ハッピーウェディングに登録してすぐ、三人の男性から、アプローチがあった。

一カ月間はニューフェイスとして、ネット会員に知らされるので、一番申し込みが多い時期らしい。

相手が話したがっていますとの連絡に、プロフィールを見て、気に入れば許可を出し、気に入らなければ、拒否をクリックして送信すると、同じ会員からのアプローチはできなくなる。

沙織は、自分が服や食べ物のように、商品として、陳列棚に並べられているような、不思議な気持ちになった。

どんなふうに自分が載っているのか気になって「女性ニューフェイス」で、検索してみた。

「嘘！」

いきなり出てきた大きな写真に、沙織は思わず、のけ反った。

入会の際、笹島課長に、いろいろな服装の写真を、たくさん持ってくるように言われたので、沙織は、知的な感じに見えるスーツ姿や、シンプルなワンピース姿を選んで見せた。

すると、笹島は、「う〜ん、硬いな」と難色を示し、他の写真を見始めた。

その間、近くのパソコンに、入会した女性の写真例が映っていたので、沙織はのぞいてみた。

写真館で撮ったのだろう、スーツを着て斜めに椅子に腰かけ、微笑んでいるふくよかな女性、入学式のときの親子写真、ワンピース姿で庭にたたずむ女性などが紹介されていた。

あれ？　自分のスーツ姿は、どうして駄目なんだろうと、沙織は不思議に思い、笹島が候補として写真の山から抜いたものを見た。

会社のテニス大会で、スマッシュを決めた直後の、うれしそうな沙織の笑顔。柔らかな色合いのワンピースを着て、少しはにかんでいるような笑顔の写真。極め付けは、海外ウェディングを看板にする旅行会社が、ホテルで行った説明会で、貸衣装のモデルを務めたときに着たカクテルドレスの写真だった。

玲子に頼まれ、派遣社員を斡旋している旅行会社の説明会を手伝いに行ったところ、カクテルドレスを着るモデルが体調を崩し、急きょ沙織に代役が回ってきた。

トップのデザインは、サファイアブルーの艶やかなバラの刺繍が、胸の谷間を見せる深いVゾーンを残して、透けたシフォンの裾から這い上がった大胆なものだった。

もちろん透けたシフォンの下にはベージュのビスチェを着たのだが、刺繍が目立つせいか、素肌にバラのレースをまとっているようで、ゴージャスな上にセクシーなドレスだ。

光沢のあるサテンのサッシュで絞ったトップの下のスカート部分は、サファイアブルーの透けるシフォンを重ねた上品なロングスカートを組み合わせてあり、トップの大胆さと反比例するようで、その実、見事に調和するよう計算しつくされたブライダルスタッフ一押しのドレスだった。

写真の沙織は、室内のライトが消えた中、その大胆なドレスを自分のもののように着こなし、ステージのライトに照らされて、うっとり微笑みながら輝いていた。

幕間でランウェイの様子を眺めているときに、撮られた写真だったので、首より下は照明が当たらず闇に溶け込んでいて、あの大胆なドレスもVネックの紺色のワンピースに見え、セクシーさは多分に軽減されている。

その写真を取り上げ、「これはいい！」と、笹島はニンマリ笑った。

まさか、その写真が選ばれるとは思わず、沙織は焦った。

「あの、パーティー用のドレスの写真を載せると、軽い女と見られて、敬遠されるのではないでしょうか？」

笹島は、目の前で心配そうにしている沙織の、ともすると、整い過ぎて冷たく見えるような顔と、写真に写った恍惚の表情を見比べた。

「いや、心配は要りません」と、笹島はその写真をファイルに入れる直前に手を止め、もう一度見て、口の端を上げた。

だが、沙織には、選んだ理由を何も説明してくれなかった。

沙織が驚いたのも、無理はない。あのパーティードレスの写真が、プロフィールのページを割いて、アップで載っていたのだ。

「何これ？　何これ？　こんなの見られてるの？」

沙織はパソコンの前で、赤くなったり、青くなったりしながら、一人でうろたえた。

この写真の効果かどうかは分からないが、それから、毎日五、六人のアプローチを受け、沙織は、返事待ちでたまってしまった男性のプロフィールを読み比べた。

ビジネススーツを着て澄ました男性の写真は、温かみがなく、皆同じように見える。話したこともなく、中身も分からない人を、何を基準にして振り分ければいいのだろうと、沙織は途方に暮れ、選択するのに、余計に時間がかかった。

仕方がないので、取りあえず、通信欄での会話希望の三人と、やりとりをすることにした。

十一月に入ると朝晩の気温がぐっと下がり、吹き抜けるビル風に、街路樹の枝が黄金色の袖をうねらせた。はらはらとその年の思い出をこぼすように舞い散る葉にも目をくれず、通勤途中の会社員たちはガサガサ落ち葉を踏みしだき、足早にオフィスを目指していた。

沙織の勤める派遣会社のオフィスでは、始業前から、社長である間宮玲子の大声が響きわたった。

「え〜っ！　インフルエンザ⁉　う〜ん、それじゃ仕方ない。こっちは何とかするから、気にしないで、ゆっくり休んで治してね」

電話を切ると、玲子は大きくため息をついた。

早めに出社して、登録社員の状況や、契約会社からのメールをチェックしていた沙織が、心配そうに、扉の開いた社長室の中の玲子を見やった。

「和樹がインフルで、新規契約するM社への説明ミーティングに行けないって連絡があったの。今朝体調悪いから、病院に寄った後、出社するって言ってたけど、インフルじゃあね……。こんなときしか副社長の出番ないのに、役立たずなんだから！」

玲子は、夫の和樹がいないのをいいことに、悪態をついた。

間宮和樹は、本職は会計士で自分の仕事を持っているが、社長が女だとなめられることもあるので、副社長として名前を貸し、必要なときだけ、玲子のナイト役をしている。

「困った〜。M社って製造業なのに、多岐に亘った経営しているから、うちの派遣社員でどのくらいの部所に役立てるか、探りを入れたいらしいのよね。一人で対応できるかな」

机に浅く腰かけ、玲子が受話器のコードを指にグルグル絡めては解き、沙織に愚痴をこぼす。

「でも、先方が求めてるのは、システムエンジニアとかの技術者じゃなくて、事務系の派遣社員なんでしょ？　パソコンスキルがあれば問題ないんじゃないの？　会社によってソフトは違うから、事前のチェックって言ったってしようがないし……。玲子なら一人で大丈夫よ」

沙織が玲子を励ましても、玲子はコードから手を離さない。

「う〜ん。でもね、最近M社は商社の方も順調だから、日本語だけじゃなくて、英語はもちろん、中国語やスペイン語にも対応できるかチェックが入るかも……」

沙織は、すぐさま契約社員の資格に検索をかけ、外国語に明るく、貿易事務のできる人物をプリントアウトする。

「はい。これ持っていって。やり手の玲子を見たら、相手も任せて大丈夫と思うわよ」

沙織は、書類を玲子の机に置いて、励ますように、友人の腕に触れた。

玲子はありがとうとうなずきながら、机から立ち上がり、沙織の手を取ると同行を頼んだ。

とんでもないと慌てて断った沙織に、玲子は気が利く沙織がいると説明に集中できるからと押し切った。

全面ガラス張りのビルに入ると、模造大理石の床にぶつかるヒールの音が、コツコツと響きわたり、沙織の緊張を否応なしに増幅させた。前をさっそうと歩く玲子について行こうと、大きな歩幅で速足に歩くが、普段娘に合わせている沙織は、どうしても遅れがちになる。

と、着地したはずのかかとが滑り、沙織はバランスを崩して上体がぐらついた。

あわや転倒と、ひやっとしたときに、後ろから腕をつかまれ、惨事を免れた。

ほっとしながら、振り返ってお礼を述べた瞬間、相手の顔を見て、沙織はその場に凍り付いた。

ま・さ・か！

沙織の脳裏には、男性のプロフィールがまざまざと浮かび上がった。

身長：百七十七センチ　体重：六十五キロ

年齢：三十九歳　婚歴一　子供無　扶養家族無
家族：両親と家業を継いだ弟家族
趣味：旅行・読書・音楽と映画鑑賞・スポーツ観戦
特技：英会話・ドイツ語

昨夜、ハッピーウェディングのマイページをのぞいたときに、新たに通信希望のアプローチがあった男性、橘圭佑その人である。切れ長の目に、黒いハーフリムの眼鏡が印象的で、通信を受諾しようにも、どんな文章を書いたら、相手に好印象を与えるか迷いに迷って、返事もせずそのままにした相手だった。

その橘は、沙織に気が付かなかったのか、沙織が礼を言ったのに対して笑みを浮かべ、その場を立ち去ろうとした。沙織は少なからずその態度にショックを受けたが、あのドレス姿と、今の隙のないビジネススーツ姿では、同一人物だとわからなくても仕方ないかとあきらめたその時、橘が急に振り返って、沙織の顔をじっと見つめた。その表情がみるみる驚きに変わるのを目の当たりにして、沙織は逃げ帰りたい衝動にかられた。

お互い言葉をなくし、目をみはったものの、会社の中ではプライベートな秘密を露見させるわけにもいかず、ほとんど同時に目礼してその場をやり過ごす。

「大丈夫?」と、玲子に声をかけられ我に返った沙織は、玲子に大丈夫だとうなずき返し、急ぎ足で会議室に向かった。


海外にある研究所から、研究報告に来ていた課長のマーカス・バートンと、技術開発部課長の橘圭佑が、開発中の商品について、検討を重ねていたとき、中田部長が声をかけた。

「今、派遣会社と人事部長が、労働契約や給与の細かい詰めをしているのだが、この後、各部に必要な人材と人数を上げないといけない。課長以上は説明会に要出席だから、橘君よろしく頼むよ」

「機密保持だらけの技術開発部に、外部の人間を入れるのはどうかと思いますがね……」

肩をすくめた橘に、全くだと中田部長はうなずく。

二人のゼスチャーから、マーカスが何か問題があるのかと聞いてきたので、橘が今の内容を英語で説明した。

『俺も参加したいから、ケイスケ、通訳を頼む』

橘とマーカスは、アメリカの研究所で一緒に働いたことがあり、日本の会社では通常あり得ないが、お互いをファーストネームで呼び合う仲だ。

二人そろって、会議室の扉をくぐったとき、橘は口の字に配列された机の奥に、資料を読んでいる羽賀沙織と、人事部長と話しているショートヘアの女性を発見した。

先ほど、階下で会ったときは、どうしてこの会社にいるのだろうと驚いたが、なるほど、派遣会社の社員だったのかと橘は納得し、資料をめくる羽賀沙織をそっと観察する。

色白の肌、まとめられた髪から頬にかかる後れ毛、チョコレートブラウンの大きな瞳は長いまつげに覆われ、うつむいた頬に影を落としている。高過ぎない筋の通った鼻。薄くもなく、厚すぎることもない形のいい唇。細い顎と細い首。整い過ぎて、冷たくも寂しくも見える顔。そして細身にしては張りのある……。

橘は、何を見ているんだと自分に喝を入れ、視線を胸元から引き剥がした。

視線を感じて沙織が顔を上げたのと、橘が隣のマーカスに話しかけたのは同時だった。

橘さんがいる！

先ほどバランスを崩して、あわや転倒というところを助けてもらい、つかまれた腕にまだその感覚が残っていた。

あんな何もない所で、転びそうになるなんて、ドジな女と思われたかも……。

不安になりながら、沙織は、橘をそっと見つめた。

広い肩、真っ黒な髪、太い眉、瞳は普通の大きさだが、かなり切れ長の目のため、小さく見えるほどだ。鼻筋は眼鏡で強調されていて、口は大き目だ。目立つハンサムな顔ではないが、真面目そうだし、頭が良さそうだ。

橘の視線が、急に沙織を捉え、目が合った二人は、慌てて明後日の方向へ顔を背けた。

沙織は、どきどきし始めた胸を鎮めようと資料に目を落としたが、失敗に終わった。

どうしよう！　上がってきちゃった。バカな失敗は二度としませんように！　と祈るばかりだった。

各部所の役職がそろい、間宮玲子が会社紹介を軽く済ませ、質疑応答が始まった。

本来なら、人事部に希望の人材と人数を提出すればいいのだが、今回は役員会議と報告会があるため、役職全てが集まっているこの機会に、事を全て片付けてしまおうという算段らしい。

製造部と、庶務は、派遣社員を多く使うので、質問が多かったが、質問に関する資料を沙織が即座に探して玲子に渡し、玲子がそれを参考にして、提供できるサービスを答えた。

技術開発部に順番が回り、部長が質問をしている間、橘がマーカスに話しかけた。

『庶務が依頼する事務員の条件に、工業部品や製品を工業用の言葉に翻訳できることを加えてもらったらどうだろう？　アメリカの研究所とM社が共同開発するときに、そっちの研究所が設計したパーツを、ここM社で作ったりするだろ。図面だけでは分からない部分の細かいやりとりや指示は、普通の英語の翻訳では間違って伝わる可能性が高いし、希望したものができないと時間と経費のロスになる』

『今までは、ケイスケが、自分の仕事と並行して、パイプ役やってくれていたから、すごく助かっていたのに、ケイスケが新しいプロジェクトにかかりっきりになるんじゃあ、代わりの人材を確保するしかないな』

橘とマーカスの真剣そうな話に注目が集まり、参加者たちが通訳を期待したのを察して、橘は、マーカスに念を押した。

『ただし、全体を知られないパーツに関してなら、派遣に任せられるが、関係者以外に完成図や用途を知られてはまずいから、そちら側も工業用日本語に明るくなれよ。社内外の人間ひっくるめて、漏えいは機密保持契約書では防げないからな』

沙織は橘の会社での能力と地位を知り、余計に、この人の前で恥をさらしたくないと、全身に神経を張り巡らせた。

マーカスとの会話中、橘が工業用の英語と言った時点で、沙織は、工業や製造業に携わったことのある人材リストを繰って、その人材の今の派遣状況を確認した。

二人の会話が終わると、玲子にリストを見せながら、沙織は状況を説明した。

『この三名なら、工業英語に明るいわ。ただ一人は派遣中、一人は育児休暇中だから、現在は一名だけしか残ってないの。彼らの話では、社員の補助程度だから、一名でいいと思うけれど、複数必要なら、未就の彼女と育児休暇中の彼女に、工業英語のマニュアル作成の依頼と、学習希望者の指導をしてもらって、人材を育成する必要があるわね』

沙織が真剣に話す間、玲子は場所を忘れ、ポカ～ンとした顔で沙織を見ていた。

室内はざわめき、唯一マーカスだけが、ご機嫌な顔で沙織に話しかけた。

『Ms. ……今のところ、一人で良いと思います。流ちょうな英語での的確なアドバイスをありがとう』

隣では、橘が片手で顔を隠すように、眼鏡のフレームを上げたが、手の平に隠し切れない口元がヒクつき、肩が震えている。

えっ!? 流ちょうな英語のアドバイス？

隣の玲子を見ると、やったわねとからかうように眉を上げ、首を振ってみせた。

橘の視線を気にして、緊張し過ぎた沙織は、彼らの英会話を聴いて、頭が英語から切り替わらないまま、玲子に英語で話しかけていたのだった。

カラースプレーを吹きかけたように、沙織の頬や耳、首筋が紅潮していくのを見て、室内の男性たちは、肩の力を抜いた。

何しろ、清楚過ぎて近寄り難い雰囲気を漂わせた沙織が、彼らの質問の内容を素早く理解し、参考資料を探し出す手際を見ていたので、自分たちも良いところを見せようと、知らずに気張っていたのだ。

英語までしゃべったときには、その才女ぶりが鼻についてイラついた者もいたが、一生懸命過ぎてドジを踏み、真っ赤になった沙織は、たちまちみんなの気持ちをつかんで、その場を和ませた。

そんな空気の変化を読み取る余裕もなく、沙織は自分の足元にぽっかり穴が開けばいいのにと、消えたい気分だった。

みっともない姿を再び橘に見せないようにと、あれほど仕事に集中していたのに……。

沙織が自分の失態を嘆くのとは反対に、この短時間で、橘の沙織に対する印象はがらりと変わった。

手際の良い沙織の仕事ぶりを高く評価したが、男性に頼らず、一人で生きていけるキャリアウーマンタイプに感じられ、ハッピーウェディングに登録した理由をいぶかしんだ。自分たちの英語も聞き分け、秘密事項が絡むため、社員と派遣社員の仕事を区別したことも、沙織は冷静に受け止め、社長の間宮玲子にアドバイスができた。

だが、そのアドバイスが日本語ではなく、英語だったのには度肝を抜かれた。いきなり英語で話しかけられて、ポカンとなった社長の顔を見れば思い当たるだろうに、仕事に熱中し過ぎて、マーカスに言われるまで気が付かなかったのだ。

あまりの意外さに笑みを禁じ得ず、とっさに顔を隠したが、手の平越しにのぞいた沙織の表情から、気づかれていたかもしれない。

失態に気が付いたときのろうばいと、紅に染まる沙織の顔は、冷たい陶器の人形に、命が吹き込まれる瞬間を見たような、衝撃と感動を橘にもたらした。

ちらりと彼女を見てみると、みんなの視線にさらされて、耳の赤みがさめないまま、不甲斐ない自分を責めるように、しゅんとうつむいてしまっている。そのいじらしさに、橘は胸の奥がうずくのを感じた。

「先ほどの私とマーカスの話を、訳させていただきます」

橘は一同の視線を沙織から自分に引き戻して、内容を語った後こう結んだ。

「それと、私が事前に皆さんに断るのを忘れたのですが、羽賀さんには通訳を介さず、マーカスとやりとりしてくださいとお願いしていました。私のせいで、羽賀さんに気まずい思いをさせてしまい、申しわけありませんでした」

橘は頭を軽く下げ、着席した。

ネームプレートもないのに、橘が彼女の名前を呼んだので、二人の間に事前の打ち合わせがあったことを、一同は、そうだったのかと納得した。

多少疑問もあったが、沙織のかわいそうになるくらいの落ち込みように、会議に参加した全員が同情し、良いタイミングで出された橘の助け舟に、渡りに船とばかりに気まずい状況を乗せて送り出し、それ以降、話題に上げることもなかった。


すやすやと寝息を立てる叶望の頭をなでた沙織は、安心しきった無防備な顔に愛しさを募らせ、安らぎに浸れるこのひとときを味わった。

おやすみと小声で呟き、寝室を出て、リビングに向かいながら、沙織は今日の出来事を思い返した。

M社の会議室を出るときに、一瞬、橘とは視線が絡んだが、全員が慌ただしく次の役員会議に向けて、準備をしていたので、邪魔をしないよう会釈をして廊下に出た。

帰社途中で玲子には、橘さんと知り合いなら、どうして先に教えてくれなかったのと、冷やかすようになれ初めを聞かれたが、まだ進展するかどうかも分からない関係を、話す気になれず、沙織は適当にごまかした。

一度結婚に落胆し、傷ついた沙織を知っている玲子は、沙織の用心深さが、男性との付き合いを遠ざけるのではないかと心配していたが、橘を見て安心したようだった。

「沙織が言いたくないなら、今は聞かないけれど、受け身はだめよ。彼みたいに有能な男性は、誰かにすぐ持っていかれちゃうわよ」

玲子は、沙織の顔をのぞき込むと、軽く肩をぶつけてステップを促した。

玲子に背中を押されたせいもあり、沙織はパソコンの前に座って、大きく息を吐き、緊張を解きながら、橘に通信欄を使ったメッセージ交換の受諾をした。

受け身の文にならないよう、何度も迷って、書き直したメッセージも送った。

「橘圭佑さま
こんばんは。今日は二度も助けていただき、ありがとうございました。

偶然とはいえ、橘さんのお仕事の場を拝見できて、うれしく思いました。

橘さんは、大変頭が切れ、周囲からの信頼も厚く見受けられ、とても素敵な方だと好印象を持ちました。

それに比べ（比べること自体、おこがましいのですが）自分の至らなさに、今もどっぷり、自己嫌悪に陥っています。

会議中、情けをかけていただいたことを本当に感謝しています。

どうか、これに懲りず、メッセージの交換をしてくださいますようお願いします。

羽賀　沙織」


送信するときに、どきどきし過ぎて、手が震えてしまった。

十代の少女じゃあるまいし、十一歳の娘もいる三十半ばを超えた母親なのに、この期待に浮き立つような気持ちは、何だろう。

娘を守るため、いつも気を張って、外見上強く保っている自分を、まるで非力に感じさせるほど、橘は鮮やかに窮地から救ってくれた。

ヒーローのように格好をつけてではなく、橘の不手際のせいで行き違いが起こったことにして、沙織の行動を正当化してくれたのだ。

プロフィールに記載された名前を見て、圭佑の佑は、人を助ける意味があると思い当たった。あの人にぴったりな名前だと、唇に微笑みを浮かべ、画面上の名前を、指でそっとなぞってみた。

どうか、返事が来ますように……。


橘からの返事は、二、三日たっても来なかった。

期待と失望に、代わり映えのなかった日常までが、揺さぶられるようだ。

（やっぱり幻滅されちゃったのかな……）

沙織はスマホの会員画面を上へとフリックしながら、あの日のことも弾き飛ばして消してしまえたらいいのにと、深くため息をついた。

あまり気のりはしなかったが、橘への気持ちに折り合いをつけるべく、沙織はハッピーウェディングの別の男性会員と、これから会う約束をしている。

今まで会員とは、お互いのホームページの通信欄でしか、やりとりしたことがなく、会うことには二の足を踏んでいた沙織だった。

偶然とはいえ、初めて会った会員の橘が、想像以上に素敵な男性だったので、沙織の中の男性会員のイメージはうんと高く引き上げられ、実際に会った方が本人をよく知ることができるのではと考え始めていた。

きっと、橘さんと同じくらいか、もっと気さくにお付き合いできる人が、いるかもしれない。高い会費を払ったのだもの。後悔しないよう、いろいろな人とお話ししてみよう。

そう、自分に言い聞かせたときに、タイミング良く、メッセージ交換していた人から、一度お会いしませんかと誘いが来た。

迷った末、前進しなければ何も始まらないと決心をし、叶望を母に預けて夜の街に出てきたのだった。

クリスマスシーズンに向けて、華やかになっていくイルミネーションが、幸せそうに腕を組んで通り過ぎる恋人たちを照らし出す。

きらびやかな雰囲気を場違いに感じた沙織だが、ビル全体に映し出される色彩のデモンストレーションを、叶望に見せたら、どんなに喜ぶだろうと想像すると、自然とその唇に微笑みが浮かんだ。

そのとき、こちらに近づいてきた男性から、声をかけられ、沙織はどきりとしながら、振り返った。

「あ、あの、は、羽賀沙織さんですか？　は、初めまして、す、涼宮浩二です」

百六十センチを少し超えたくらいの、沙織とはほとんど目線が同じになる小柄な男性が、緊張してどもりながら名前を告げた。

自己紹介を済ませた後、ちぐはぐなやりとりに沈黙が訪れ、お腹が減っているでしょうと、唐突に言われて会話に困った沙織がうなずくと、涼宮は沙織と微妙な距離を取りながら、近くのファミレスに入った。

沙織にとって、その時点でアウトだった。

別に高級店でなくとも構わないから、出会った最初くらい、気の利いたお店で、おいしいものを食べながら、お互いを観察したいと思う。

こんなしゃれた店を知っているんだとか、自分のために、考えてくれたんだという相手の気配りは、エスコートされる女性にとって、大切にされているバロメーターにもなる。

学生でお金がないときならいざ知らず、自立した社会人の男性が、友人ではなく、妻になるかもしれない人に、自分をアピールする最初の機会なのだ。

そんな沙織の気持ちも知らず、涼宮は何でも好きなものを頼んでください。ハンバーグがおすすめですよと笑った。


翌朝、始業前に仕事の整理をしていた沙織の様子を見て、玲子は昨夜のデートの結果を知った。沙織を慰めるように、その肩をポンポンと二、三度たたき、玲子は沙織が相手に何を求めているのか聞いてみた。

「例えば、年収が三百万円で、顔も性格もいい人と、年収が一千万円以上あるけれど暗くて、顔も悪い人なら、どっちを選ぶ？」

急に何を言い出したの？　と、けげんそうな顔を玲子に向けた沙織は、今は選ぶ気分じゃないと首を振った。

「性格の話は置いといて、その年収の話は、何年か前に雑誌に載ってたのを覚えているわ。今の給料が伸びない世代は、ぜいたくをせず工夫しながら生活を楽しんで、少しずつ貯金を増やしている。でも、年収一千万円以上ある、バブル期に業績や給料がいくらでも伸びた人たちは、その感覚から逃れられず、楽しみにお金を使ってしまうので、貯蓄が年収三百万円の人たちより少ない。でしょ？　眉唾よね。別にお給料に不服があるわけじゃなくて、実際私が生活費や教育費を引いて、貯められるお金なんて限られてるし、そんなの全員に当てはまったら、会社の社長は、自分の楽しみで会社を食いつぶす人だらけになるわよね、玲子？」

茶目っ気たっぷりに眉を上げた沙織に、玲子はしかめっ面を返す。

「私は、バブル期の人間じゃありませんよ～。でも、バブル期の人たちは、弾けたバブルで痛手を被って、またリーマンショックを体験したんだから、よっぽど学習能力がない人以外、貯蓄に熱心だと思うけれどね」

玲子は、仕事で会う人々を顧みて、記事が不確かだという沙織の意見にうなずいた。

「大手企業に勤める橘さんは、良いお給料もらっていそうだよね。だからかばっちゃったりして……」

あれ以来、橘の話を一切しない沙織の口を割らせようと、玲子は水を向けてみた。

でも、沙織はうつむいて、自嘲気味に口の両端を上げただけだった。

十一月も半ばに差しかかった頃、沙織は二人の男性会員と会った。一人はその体格の良さからもうかがわれたが、文字通り山のような食事を平らげ、沙織をおびえさせた。

もう一人は、一見真面目で大人しそうな男だったが、二度目に会ったときに、沙織の身体に隙あればベタベタ触ろうとした。

そして別れ際に、こうささやいた。

「結婚されていた女性が、一年半以上も独りでいるのは寂しいでしょう。僕が慰めてあげます」

突き飛ばしたい衝動を辛うじてこらえ、沙織は嫌悪感でいっぱいになりながらも、やんわりとお断りし、気落ちしながら家に帰った。

なぜはっきり拒絶しなかったのか、沙織は考えた。

見ようとしなかっただけで、当然あるべき事実を突きつけられて、沙織にはとてもこたえたのだ。

結婚はおままごとじゃない。知っていたはずなのに、さびついた夫婦歴は、沙織から女性としての感覚を奪って、ただの「叶望のママ」にした。結婚している間はそれで良かったが、その朽ちた檻から放り出された今は、男性は沙織を一人の女として見るのだ。

そこには当然「性」がある。

ただ、結婚のパートナーを探すためというより、あの会員は、弱い立場の女性を結婚という餌で釣って、食い物にしている感があったので、沙織はその対象になってしまったことに、戸惑いと余計にショックを受けたのだ。

女はいくら強がったって女なんだと思い知らされた気分だった。

不安になって子供部屋に行き、叶望の寝顔を見たとき、沙織は無性に泣きたくなった。

「クリスマスのプレゼントはパパがいい」と言った叶望の言葉を思い出したからだ。

自分の要求を臆することなく言えた叶望が、自分の置かれた境遇に順応し、だんだんわがままを言えなくなって久しくなってきたときだった。

ちょっとはにかんで、期待に満ちた顔で望みを告げたのを、今でもはっきり思い出す。

ハッピーウェディングに登録したことで、叶望は余計に期待を膨らませたようだった。

平日にフルタイムで働く沙織を気遣って、実家に迎えに行くまで、叶望は宿題などをして大人しく待っている。

その代わり、土日にはその時間を取り戻そうとするように、沙織に思いっ切り甘える。

そんな叶望との触れ合いの時間を割くのは嫌だったが、先方の都合のつく日が週末にしか取れないときは、沙織は罪悪感を抱きながら、叶望に男性会員に会ってきていいかと尋ねる。すると、叶望は破顔して、大きくうなずくのだ。

期待させるだけ、期待させておいて、今更無残に、その夢を見ないでくれと言えるだろうか？　沙織の背中や腰をべたべたと触る男性の手の感覚がよみがえる。寂しいでしょうから、慰めてあげるなんて、要らぬお世話だ。

苦悩で顔をゆがめて、沙織は喉から絞り出すように、叶望に向かって呟いた。

「ごめんね、叶望。ママは叶望に、プレゼントをあげられないかもしれない」

暗い子供部屋に、一瞬、しゃくり上げる声が漏れたが、沙織は喉の痛みとともにのみ下した。


アメリカから三週間ぶりに帰ってきた橘圭佑は、マンションの全ての窓を開け放し、こもった空気を入れ替えた。

洗面所とキッチンの水道のレバーを上げ、管内に留まっていた古い水を出し、新しい水を引き入れるため、しばらく流しっぱなしにする。

十一月下旬にもなると、シャワーだけでは身体が温まらないので、橘は湯船に湯を張って、朝風呂に入った。

アメリカに発つ前、新プロジェクトに必要な材料の研究をしている大学に立ち寄った橋は、進行状況を確かめたあと、その足で成田から飛び立った。

アメリカでは、ほとんど研究所に缶詰になり、ホテルには寝に帰るだけの強行スケジュールをこなしたので、さすがに疲れを感じ、橋は湯船に頭を乗せ、大きく伸びをして、解放感を味わった。

日本でもそうだが、研究所にいる間は、自分のスマホは使えない。

秘密漏えい防止のため、屋外に設けられた、各個人のボックスに預けるので、外部から個人に連絡を取るには、研究所の電話にかけなければならない。

スマホが普及する以前には、役職者はカメラをつぶした携帯を支給されていたが、かかってきた電話に出れば、観測中のデータを記録することを中断しなければならないので、橋はほとんど携帯の電源を切っていた。

そんな仕事漬けの橋に、自分を振り向いてくれないと孤独に陥った橋の妻は、結婚した意味がないと業を煮やして出ていった。

もう、三年も前になる。

自分は結婚に向かないなと思いつつ、仕事でカップルが基本の欧米に行けば、レストランに入るのさえも気兼ねする不自由さを味わう。

どこかに、自分と自分の仕事に理解を示してくれる女性はいないだろうか？

ふとそんな気持ちが湧き起こり、くさ過ぎる名前のハッピーウェディングに入会したのが、半年前だった。

忙しい時間を縫って、メッセージをやりとりし、いざ会ってみると、相手が派手過ぎて、地味な自分にはついていけなかったり、結婚に夢を見過ぎている女性だったり、うなずくだけで一言も意見を言わないばかりか、ついてきた母親が代わりに答えるという散々なデートを体験した。

新プロジェクトが始まれば、デートどころか、相手を探すことに割く時間も、持てなくなるだろう。

これが最後のチャンスかなと、ニューフェイスを検索したときに、あのうっとりした、こちらまで心地よくなりそうな表情が、目に飛び込んできたのだ。

自分の今後のスケジュールを考える余裕もなくなり、橘にしては珍しく、衝動的にメッセージ交換を申し込んだ。

その相手、羽賀沙織と、まさか自分の勤める会社で、ばったり出会うことになるなんて、まさに青天のへきれきで、雷に打たれたような出来事だった。

あれから三週間以上もたったのか。元気にしているだろうか。あんなにきれいな人だから、きっと付き合いの申し込みが、殺到しているだろうな。そう思うと、橘は、沙織に手が届きそうになりながら、仕事に追われて、みすみすチャンスを逃したような悔しい気持ちになった。

ミスに気づいたときのぱぁっと色づいた肌が思い浮かぶ。

冷たく透き通った外見の下、垣間見た生気溢れる色艶の記憶が、年甲斐もなく橘に情動を起こさせて、のぼせそうになる。

いけない！　いけない！　結婚していたにもかかわらず、どこか場慣れしてなさそうなあの女性（ひと）が、こんな自分を見たら、飛んで逃げてしまいそうだと橘は首を振って、頭から想像を追い払った。

風呂から上がり、濡れた髪をバスタオルで拭きながら、すぐにパソコンを立ち上げた。

ハッピーウェディングのページを開くと、メッセージありの連絡が入っていた。

まさか！　とはやる気持ちを抑えながら、クリックしてメッセージ画面を開く。

やった！　彼女からだ！

アメリカから帰ったばかりで、リアクションが大きくなっている橘は、パソコンの前で、思わずガッツポーズを決めたが、すぐその手を膝に落とした。

メッセージの日付は三週間以上も前だ。

その間、ドジを踏んだ沙織が、愛想をつかさないでと、橘にくれたいじらしいメッセージに返信もせず、無視した状態になっていたのだ。

ああ、何てことを……。

すぐに、メッセージを打とうとしたが、この通信欄経由では、沙織がパソコンを立ち上げてチェックしない限り、読んでもらえない。

さて、どうするか？

怒って、もう話したくもないと思っているだろうか、それとも俺の存在さえ、忘れてしまっているだろうか。

まずは、誤解を解くことから始めなければ……橘はパソコンの電源を切って大急ぎで立ち上がった。

お昼近くになり、書類を片付けたとき、かかってきた電話に出た沙織は、思わず息をのんだ。

このところ毎日ずっと、帰宅するとすぐに、ハッピーウェディングの通信欄をチェックしては、気落ちしていたが、その原因をつくった本人が、あの響く低い声で名前を名乗ったからだ。

「お世話になります。M社の橘圭佑と申します。羽賀沙織さんは、いらっしゃいますでしょうか」

しかも橘の名指ししている相手は、玲子ではなく、沙織だった。

心臓が躍って、息が上がるのを受話器越しに聞かれないようにして、何とか声を出した。

「あ、あの、私が、羽賀沙織です。橘さん、その節はお世話になりました」

これは、ビジネスでかかってきたんだと、自分に言い聞かせ、過度な期待を抑える。

だって、通信欄のメッセージは、三週間以上もほったらかしなのだから……。

「ああ、良かった、羽賀さんが出てくれて」

耳元に流れ込む安堵の声に、沙織は思わず肩を跳ねさせた。受話器を握る手に、自然に力が入る。

「羽賀さん、ランチタイムは何時からですか？　今朝三週間ぶりに、アメリカの出張から帰国したのですが、お土産を渡したいのです。少し下りてきてもらえませんか？」

今朝帰国。三週間。放置されたメッセージ。

沙織の頭の中で単語が組み合わされ、さらに、お土産でつながった希望に、泣き笑いしたくなった。

「ランチタイムは今からです。すぐに下りていきます」

あまりの動悸の激しさに、ドクドク脈打つ鼓動が、鼓膜から受話器に伝わったのではないかと案じながら、沙織は電話を切って、更衣室に駆け込んだ。

自分のロッカーを開けて、中の鏡で身だしなみをチェックしているとき、追ってきた玲子がその様子を、にんまり笑いながら見ているのに気が付いた。

ぎょっとして振り向いた沙織の前に、玲子が手を差し出した。

「？」

沙織が首を傾げると、「お弁当！　作ってきたんでしょ？　私にちょうだい！」と玲子がロッカーの中の、ランチバッグを指した。

「その代わり、ホワイトボードの午後の予定に、M社への説明会、直帰にしといてあげる」

あんぐり口を開いて、立ち尽くした沙織の背後に回り込み、ロッカーからお目当てのものをいただいた玲子は、調子外れなクリスマスソングを歌いながら、ご機嫌で更衣室から出ていった。

All I want for Christmas is you ―クリスマスに欲しいのはあなただけ―

その歌は、まさに今の沙織の心境だった。

玲子の言葉に甘え、午後の仕事から解放された沙織は、荷物を持ち、ボタンも留めずにコートを引っ掛け、エレベーターに乗り込んだ。

午後から作成する予定だった書類の入った大きなバッグを、右から左に掛け替え、動きだしたエレベーターの階数を目で追う。

この動悸と浮くような感覚が、エレベーターの下降のせいなのか、思わず橋に会えることになった期待と不安のせいなのかは分からないが、階数が減り、ドアが開くたびに、早く閉まってと願い、会いたい気持ちが募っていく。

ドアが開くや否や、沙織はフロアに飛び出し、すれ違いざまに、ワックスをかけ終わった作業員が、エレベーターに乗り込んだ。

ワックスのにおいが充満するロビーを走りかけた沙織の足が、ツルッと滑った。

「あっ！」

と叫んだときには、その腕をがっしりつかまれて、引き寄せられ、橘に身を預ける形になった。

「羽賀さんは、見かけによらず、そそっかしいんですね」

お昼時で、各会社の社員が忙しく行きかうロビーの中、立ち止まってもいられないので、橘に促され、沙織はギクシャクしながらビルの外へと出た。

「同じドジを踏むなんて……、あの、待たせちゃいけないと思って……、来ていただいたのもうれしかったし……、ああ、ほんとに恥ずかしい！」

自分が何を言っているのかも訳が分からず、沙織はしどろもどろになりながら、身をすくめたが、顔を上げられない。

三週間も放置していたため、既に決まった人がいるかもしれないと案じていた橘は、形のいい唇から漏れた橘の来訪への喜びに勇気づけられ、周囲に聞こえないように呟いた。

「完璧過ぎるより、少しドジな方がかわいくていいです」

「えっ？」

沙織が思わず顔を上げると、橘はハーフリム眼鏡のブリッジを、指で押し上げている。

そういえば、会議のときにも、片手で顔を覆うように、眼鏡を直していたと、沙織は思い出し、これは、この人の感情を隠すときの癖なのかもしれないと思った。

スーツを着て仕事をしているときの橘は、真面目で、仕事に精力的で、優秀な近寄り難いエリートという印象を受けたが、今日の橘は、ベージュのアランニットにジーンズ、カーキ色のダブルブレストコートをはおり、前髪もふんわり下りている様子から、とても気さくで、若々しく見える。

どちらの姿も素敵だなと、沙織は頭の中で見比べたが、橘の声で現実に戻された。

「羽賀さん、通勤バッグを持って、どこかへ行かれる予定だったのですか？　もしそうなら、急に押しかけてしまって申し訳ない。今日はあなたの顔を見られただけで満足です。後日改めて会って頂けますか？」

仕事の邪魔をしたのではないかと気遣う橘を制し、沙織はいたずらっぽく微笑んで告げた。

「今から、M社に説明に行くことになってるんです」

「えっ？　それはこの前の続きですか？　僕には何も連絡がありませんでした」

「ええ、ホワイトボード上の架空の会議なんです。玲……間宮社長が私のお弁当と、午後からの時間を内緒で交換してくれたんです」

橘は、謎めいたその話を食事をしながら聞かせてくださいと、沙織を近くの駐車場に案内し、オフィス街から離れた落ち着いたレストランに連れていった。


淡いオレンジの塗り壁に、白い枠のフレンチウィンドー、テラコッタの床、本物のモミの木が飾られた暖かい店内に、橘の笑い声が響いた。

「なるほど、間宮社長は粋な計らいをしてくれたんですね。それにしても、大学時代からとは、長いお付き合いですね」

「はい、隠し事ができないくらい、お互いによく分かっています。でも、時々思ってもいないいたずらをするから、巻き込まれて大変です」

「へぇーっ。どんないたずらですか？」

橘の目が興味津々というようにくるりと動いて、テーブルに身を寄せてきた。

「プロフィール写真で着ていたパーティードレスは、ブライダルのレンタルドレスなんですが、ブライダル説明会のショーで、モデルが急きょ来れなくなったときに、私が海外でベストドレッサーに選ばれたことがあるって玲子がうそぶいて、無理やり着せられたんです。私が選ばれたのは、ホームステイ先で参加した、ハロウィーンの仮装パーティーのベストドレッサーだったんですよ！　しかも、包帯替わりのトイレットペーパーで、全身をぐるぐる巻きにされたミイラなんです」

橘が身をよじって笑うのを見て、沙織はとても幸せな気分になった。私のやること、話すことの全てが、利輝にとって軽蔑の対象だったのに、この人はこんなにも大らかに受け入れてくれる。

「ああ、あの写真素敵でしたね。夢の中にいるような表情に、惹きつけられました。照明が当たっていないので、ドレスはよく見えなかったけれど、かなり衿元が大胆だったような覚えがあります」

橘がそんなにも、写真をじっくり見ていたのかと、身体のラインが際立ったドレスを思い浮かべ、沙織は耳が焼けるように熱くなった。

「実際、会社でお会いしたときは、とても硬い感じだったので、あのドレス姿と結びつきませんでした。うん、そうか、間宮社長の差し金だったんですね」

赤くなって、うろたえる沙織を見て、大胆なドレスとのギャップを微笑ましく思いながら、橘はもっとあおってみたくなった。

店の入り口に、さり気なく貼られたディナークルーズのポスターを思い出し、誘ってみた。

「そうだ、クリスマスのナイトクルーズに、あのドレスをレンタルして、着てみせてもらえませんか」

沙織は慌てて首を振った。

「あれは夏用なので、トップが総レースなんです。とても冬には着られません」

「総レース？　フィギュアスケートの選手が、着ているコスチュームのような感じですか？」

沙織はあまりの言い得て妙に、どうか想像しないでくださいと、橘に必死で頼んだ。

「やけますね。その場にいた全ての男性に」

じっと射るように見つめられて、沙織は身体中がざわつくのを感じて、思わず身じろぎをした。

「じゃあ、僕も押しの強い間宮社長を見習って、取り引きを申し込みます。お互いを知るチャンスを下さい。ドレスより、羽賀さんの中身を知り……あっ、失礼、性格のことです」

ビクリとした沙織に、慌てて橘が言葉を補足し、すみませんと言いながら、手を眼鏡のフレームに持っていく。

その動作を目で追いながら、やはり橘が眼鏡のフレームを触るのは、動揺したり、感情を隠すときなんだと、沙織は自分の勘が当たったことを知った。

橘の内面に、内緒で触れられたように感じ、むずむずと広がる喜びが心を満たした。

「大丈夫です。橘さんは、とても真面目な方だと思うので、変なニュアンスに捉えたりしません。お付き合いできたら、私もうれしいです」

「何だか予防線を張られたような気もしますが、受けてもらえて良かったです。今朝メッセージを放置していたことを知って、居ても立ってもいられなくて押しかけました。どんなに言い訳したくても、嫌に思った相手のメッセージは、開かないだろうなと思って、羽……沙織さんに直接会って、誤解を解きたかったんです」

待たせてすみませんでした。と橘は謝った。

その実直な言葉に、沙織は感動した。

名前を呼んでくれたことも、うれしかった。

こんな小さな一つ一つが、手ひどく裏切られ、傷ついて、かたくなになっていた沙織の心を揺さぶった。

まだ会って二度目なのに、この人は、他人を裏切ったりしないのではないかと、信じてみたくなった。

おいしいランチも終わり、二人は開催中のクリスマスマーケットをのぞいた。

ドイツを中心にヨーロッパでは、クリスマスの時期になると、広場にマーケットが立ち並び、ホットワインやホットチョコレートを飲みながら、伝統のお菓子や土産物などを冷やかし歩く。広場の中心には、木造の大きなクリスマスピラミッドが立ち、夜はライトアップしてその温かみを際立たせ、人目を誘う。

最近は、日本でもクリスマスのイベントとして、あちこちで開催されるようになってきた。

平日の昼間なので、学生や、子連れの主婦などが多く、出店で食事を楽しんだり、チョコレートをつまみながら、歩いている。

「ここで土産を買うと、アメリカの土産とかぶってしまうな～。気を使わせたくないから、チョコレートにしたのに、間違いだった」

もっと特別なものを買ってくれれば良かったと、土産物屋をのぞきながら、橘は顔をしかめた。

「いえ、そんなこと……チョコレートは大好きなので、うれしいです」

プレゼントが何であっても、自分に買ってきてくれたその気持ちがうれしくて、沙織はウキウキしながら、興味深くあちこちを見渡した。

こんな華やいだ賑やかなイベント会場で、若い恋人たちや、親子連れならいざ知らず、知り合ったばかりの男性と自分がデートするなんて、考えもしなかったと、沙織は感慨を持って、傍らに立つ橘を見上げた。

彼の声を聴けるのがうれしかった。優しく見返す瞳に、気分が湧き立った。

そのとき、小さな女の子が、走ってきて、橘と沙織にぶつかった。よろけた女の子を沙織が支えると、後から走ってきた母親が、頭を下げて謝った。

幸せに浸って、叶望のことをすっかり忘れていた沙織は、自分の中にママだけでない顔を発見し、驚きとともに罪悪感を持った。

母と手をつないで去っていく女の子を見送りながら、橘がかわいいなと呟いた。

その呟きを聞いた途端、込み上がった痛いほど切ない希望を抑えて、相手にプレッシャーをかけないように、沙織は叶望のことをさり気なく話した。

「娘の叶望は、最近まで、サンタクロースを信じていたんです」

「プロフィールには、確か『小学校五年生（十一歳）』と書いてありましたね。沙織さんのお嬢さんなら、きっと美人だろうな」

橘と前妻との間に子供はいなかった。デートをした他の女性会員は全員結婚歴がなかったが、沙織の写真は子供がいても会ってみたいと思わせた。

実際に会って話してみると、結婚に夢を見る未婚の女性より、落ち着いた姿勢の沙織は、過去に同じ痛みを抱える分、自分と歩調を合わせてもらえるのではないかと考えられた。

ただ、研究などで一日頭を使う橘は、家ではリラックスしたかった。

弟の娘が沙織の娘と同じくらいの年だが、学校から帰ると、夕飯時まで家の中で友達と騒ぎ、夕飯時も食べている以外はしゃべっているおてんばだった。姪っ子はかわいいが、いつもあのパワーに振り回されることを思うと、同じタイプは遠慮したい。

叶望ちゃんは、どんな子なんだろう？

橘はとても興味を持ったが、今の時点であまり突っ込んだ質問をすれば、誤解を招く。

一度結婚に失敗しているので、決心するまで、慎重に相手との将来を見極めたかった。するると沙織は、橘の気持ちを察したように、押し付けがましくならないよう、叶望のことを話した。

「娘は、私似だと思います。片親だった分、私が愛情を注いだので、わがままではありませんが、年齢の割に幼いんじゃないかと思います」

「うん、サンタクロースを信じていたぐらいだから、相像はつくな。きっと沙織さんが一人でも、一生懸命叶望ちゃんを守ってきたから、純粋なんだろうね」

思わぬ褒め言葉に胸を突かれ、沙織は潤んだ目を見られないように、展示されたおもちゃに視線を移した。

普通褒められれば、苦労話の一つや二つも話したくなるだろうに、沙織は子供のいない橘に遠慮してなのか多くを語ろうともせず、静かな微笑みを湛え、うつむき加減に店のディスプレイを眺めているだけだ。橘は、沙織のこうした控えめさに好感を持った。

失敗してシュンとうつむいたり、真っ赤になって慌てたり、ともすれば支えてやらなくてはと思わせるのに、娘のことを話すときの、愛情と誇りに満ちた表情は、紛れもなくしっかりとした母親で、沙織の中に新しい顔を発見するたびに、圭佑は惹きつけられた。

この人なら、自分が仕事に掛かりっきりになったとしても、構ってもらえないと言って家事も育児も放り出すことはないのではないだろうか？

まだ会ったばかりだが、橘はもう少し先に進めてみることにした。

キャンドルの炎で木のプロペラが回る、クリスマスピラミッドを手に取り、沙織に見せた。

「これ、叶望ちゃんにプレゼントしたら、喜んでくれるかな」

回転台の上に設えた部屋には、プレゼントとクリスマスツリーが置かれ、その傍らのベッドには女の子がすやすやと眠っている。それを窓の外からのぞき込んでいるサンタクロースとトナカイの引くソリ。

過ぎ去った昔を思い出し、沙織は胸が詰まった。

まだ、示してもらえるはずもないと思っていた叶望への優しさに、心が震えた。

大きな瞳から思わず涙がこぼれ、慌てて横を向こうとしたその頬に、橘の手が添えられ、親指でそっと涙を拭われた。

沙織の顔を見て、やるせない笑みを浮かべた橘は、頬に当てた手を移動させ、優しく髪をなでた。

「さぁ、行こう。沙織さんを独り占めにして、叶望ちゃんを待たせたくない」

プレゼントを持って、キャッシャーに歩きかけた橘の腕に、沙織は手を添えて、揺れる声でささやいた。

「圭佑さん。ありがとう。とっても、うれしい……」

うなずいた橘は、沙織の肩に手を回し、ぴったりと寄り添って歩きだした。


「叶望。いい加減にもう寝なさい」

あれから毎日、叶望は寝る前に、クリスマスピラミッドに火を灯し、くるくるプロペラを回転させる。回るのはプロペラだけでなく、メリーゴーランドのように、室内で眠っている女の子と、窓からのぞくサンタクロースも回転する。正面から部屋の様子を眺めたかと思うと、サンタと一緒に窓からのぞく廻り舞台は、見る立場からいろいろな期待を呼び起こす。

叶望がクリスマスピラミッドに執着するのは、きれいだからという理由だけではなく、贈ってくれたのが、ママとお付き合いしている人だからというのが大きい。

プレゼントを開けたとき、本当にうれしくて、ジャンプしてしまったほどだ。

従妹の真実や、クラスメートが話すのを聞いて理由は知ってしまったけれど、去年は来なかったサンタクロースが、また戻ってきたようで、自分は見捨てられたんじゃないと、慰められる。

「ママ。私、美容院に行きたい」

髪を伸ばしている叶望は、前髪を沙織に切ってもらうので、美容院に行きたいと言ったことがない。なぜ突然に言い出したんだろうと叶望を見つめると、叶望が思いつめたように言った。

「髪型をママと同じにしてもらうの。だって、ママに似ていないと、新しいパパは私のこと好きになってくれないでしょ?」

心臓をつかまれるような衝撃だった。

まだ、何も分からないと思って、辛いことは見せないようにしていたのに、叶望は一足飛びに大人になってしまったようだった。

十一歳の子が言う言葉だろうか?

沙織は胸が痛かった。無邪気に親に甘え、わがままを言える時代を奪ってしまったことを、心の中で謝った。

でも、顔には出すまいと、必死で笑顔をつくった。親の離婚が叶望にとって、深刻な傷になってしまったら、叶望は将来、男性と付き合うどころか、結婚にさえも夢を持てなくなるだろう。叶望の前で一滴の涙も見せなかったのは、私自身が明るく振る舞って、こんなことはめげることではないから、叶望も前向きに行こうねと、態度で示したかったからだ。

叶望自身の存在を、マイナスに思わせるなら、私は再婚なんてしない。

でも、圭佑さんは、思慮深い人だ。

もし、家族になれたら、叶望に人生の先輩として、歩む道を一緒に探してくれるだろう。だから、今は甘い言葉で現実を包んだりなんかしない。叶望が自分で考えて、対処しようとしたことを、ちゃかしたりもしない。

苦しいのは、その点だけをズームインしているからで、視点を変えて多方面から見れば、案外楽にいける方法を、見つけられるものだと教えたかった。

「叶望。橘圭佑さんとは、知り合ったばかりだから、本当に叶望のパパになれるかは、まだ分からないの」

叶望は分かっているけど、期待したいのを滲ませて、口を尖らす。

「でも、もし圭佑さんが叶望のパパになったら、血がつながっていないことを、深刻に考えなくてもいいの。だって、ママだって、圭佑さんと血がつながっていないんだもん。それって、叶望と同じ立場だよね」

楽天的なフリをして、無邪気に言い放った沙織の意見に、叶望は頭を混乱させた。

「えっ？」

考えるほど、意味があるようで、ないような気がする。

「ねっ？　だから気にしないのよ。海外ではセレブは養子をもらって、自分の子と同じように育てるんだって。地位やお金のある人は、良いことをしていることをアピールして、世の中に認められようとするの。日本では、一般的じゃないけれど、圭佑さんと家族になれたら、私たちもセレブの仲間入りね」

何が何だか分からなくなった叶望は、考えることに疲れ果て、おやすみと寝室に引き上げていった。

笑いをかみ殺しながら叶望を見送り、沙織はスマホから圭佑にメールをした。

仕事に追われる圭佑に負担をかけないため、一日一回だけ、その日の出来事を書いて送る。

返事がなくても、不安になることはなかった。

母子家庭という負い目を感じることもなく、まるで見守られているような安堵感を抱かせてくれる圭佑の存在に、沙織は感謝した。

その気持ちを何とか伝えたくて、沙織は会社にも携帯し、昼休みも返上して一心不乱に編んでいるセーターをバッグから取り出した。クリスマスまで、時間との闘いである。

クリスマスマーケットに行ってから、数日たった夜、圭佑からビデオ電話が入った。

沙織は慌てて、身だしなみをチェックしてから、ガラス張りのサンルームに行き、画像をオンにした。

「フォン」という音とともに、圭佑の顔が映り、その途端、喜びと懐かしさがない交ぜになって込み上げる。

同じように圭佑の画面にも沙織が現れた。

ああ、この溶けるような彼女の笑顔が見たかった。疲れも薄らぐような気分になって、圭佑はスマホの画面に「ただいま」と、笑顔を返す。

とりとめのない日常の話をしながら、沙織の背景に見えるモダンな室内や、移動すると見渡せる夜景に、その生活を垣間見ることができた。前夫はかなりな稼ぎ手だったらしいことが分かる。確か、叶望ちゃんが中学卒業まで住める期限付き住居だったよな。何度かやりとりしたメールで、離婚の原因と、その後の待遇を聞いたときに得た情報を思い出す。いきなりビデオ電話をかけたにもかかわらず、整然とした部屋に、沙織のきれい好きな性格がうかがわれた。

画面に動くものを捉え、圭佑が注目すると、リビングに続く廊下から、小さな顔がひょっこりのぞいていた。

圭佑の表情が和らぎ、口角がきゅっと上がる。

部屋に男の声が響いたので、誰なのかそっと確認しにきたのだろう。まだ子供なのに、そばまで来て、のぞき込まない分別があるのは、沙織のしつけがいいからだろう。遠目に見ても大きな瞳は、沙織そっくりだ。

「叶望ちゃん」

いきなりスマホから呼ばれて、叶望は凍りついた。沙織も背後に叶望がいたことを知り、驚いて振り返る。

いたずらを見つかったように、肩をすくめた叶望が申し訳なさそうに、沙織の方にやってきた。

沙織はどうなることかと、はらはらしたが、同時に、圭佑が叶望に目を留めて、話しかけてくれたことで、自分たちの関係が進展したことが分かり、期待に胸を膨らませた。

「初めまして、叶望ちゃん。ママの友達の橘圭佑です。クリスマスピラミッドは気に入ってくれたかな?」

笑顔を絶やさず、よく響く声で、圭佑がゆっくりと叶望に話しかける。

叶望は恥ずかしそうに、もじもじしながら、小さな声で返事をした。

「初めまして叶望です。プレゼントうれしかったです。ありがとう」

そしてぺこりと頭を下げた。

その幼いしぐさを、愛情たっぷりに見つめている沙織の横顔は、まるで聖母だった。

ああ、この二人はペアで迎えてこそ、完璧になる。そんな唐突な閃きを圭佑は感じた。

沙織と次の土曜日に会う約束をして、圭佑はビデオ電話を切った。

約束の土曜日に、圭佑が沙織を車で迎えに行くと、叶望があいさつをしに、車の側にやってきた。

十一歳にしては小柄だが、沙織よりは彫りがはっきりしていて、将来は母に劣らぬ美人になるだろうことを予想させた。

ただ、はにかむ動作が、美少女というより、かわいい女の子そのもので、子供のいない圭佑でも、世話を焼いてやりたい気持ちにさせる。沙織がエントランスから出てくると、叶望はいってらっしゃいと、圭佑に向かって小さな手を振ってから、祖母の待つ部屋へ戻っていった。

一緒に乗せてやりたい気もしたが、まずは大人同士の時間を大切にしたい。

四十分ほど車を走らせると、広大な土地を利用して、光の風景画を演出する、冬のイルミネーションイベントで有名な植物園に着いた。

入り口付近には屋台がびっしり立ち並び、進むにつれて、安納芋アイスクリーム、肉汁たっぷりのチャーシュー肉マン、お団子、焼き立てパンなどの良い香りが漂ってくる。

この植物園のキャラクター商品や、物産を販売する土産物屋を通過すると、視界が開け、色とりどりの花が咲く広い庭園が現れた。

来訪者は遊歩道をたどって園内を散策しながら、自然に囲まれた足湯で徒歩の疲れを癒し、ガラス張りの巨大な温室を見学した後に、材料を吟味したレストランでお腹を満たすことができる。四季の移ろいを楽しめる庭園風呂に立ち寄る人もいて、ゆったりとした大人の時間を過ごすのにうってつけの場所だった。

圭佑と沙織はベゴニアで有名な温室に入った。天井や、四方の壁から吊るされた色とりどりのベゴニアが、中央の人工池に映り込み、楽園をイメージさせる鮮やかな空間が広がった。あまりの美しさに息をのんで、二人が顔を見合わせれば、美に触発されて生き生きとした表情から、お互いに視線が外せなくなる。

温室の暖かさと湿度に加え、身の内から立ち上る揺らめいた感情に沙織は、辺りの空気が凝縮して香りが濃密になったように感じた。

その感覚が伝わったのか、圭佑が沙織の手を取ってそっと握ってくる。

大きくて温かい手に包まれて、沙織は幸せと、一抹の不安を持った。ひょっとして、圭佑は自分を求めるだろうか……。

まだ、心の準備はできていない。

でも、拒否すれば、この関係は終わってしまうだろうか？　決して嫌ではないけれど、結婚経験のあるいい年をした自分が言うのは変だけれど、もっと好きになってから、抱かれたい。でなければ、気持ちが取り残されてしまいそうだ。

夕刻までの間、沙織は隠した緊張を見せないように、明るく振る舞っていたが、圭佑はこの間と同じように「叶望ちゃんを待たせないように帰ろう」と言って、沙織に安心と落胆の両方を味わわせた。

「もうすぐイルミネーションが点灯するのでしょ？　見ていかないんですか？」

さっきまで、沙織は、関係を結ぶのを先送りしたいと思っていたくせに、あっさりと帰ると言われれば、まるで自分に魅力も興味もないと態度で示されたようで、圭佑の本音を探るような悪あがきをしてみせる。

結婚して以来、夫以外の男性に対して、女として認めてほしいなんて気持ちが湧いたのは初めてで、沙織は言ったそばから、まるで自分から誘っているみたいだと気まずくなり、圭佑がどう思ったか心配になった。

「できれば僕も、沙織さんと夜まで一緒にいたい。でも平日働いている沙織さんが、叶望ちゃんとゆっくり過ごせるのは週末だけでしょう。大事な時間を奪って叶望ちゃんを寂しがらせたくないんだ」

やせ我慢を続けられるうちに帰ろうと、圭佑が照れて笑った。

沙織は今まで、性の対象となることに慣れなくてはと自分に言い聞かせていたが、そんなことが嘘のように、圭佑の前では何もかもが楽になった。

（私は、圭佑さんを一人の男性として意識することができるし、圭佑さんは、私を異性としてだけではなく、子供を持つ母親として受け止めてくれる。何て幸せなんだろう！）

欲望だけで周囲が見えなくなる若い男性と違って、圭佑は年齢的にも大人の男性として中身が成熟していることが分かり、これ以上望みに叶った人はいないんじゃないかと沙織は思った。そして何より、そばにいられることがうれしかった。

別れ際、沙織の手を握った圭佑は、親指で沙織の手の甲を愛撫するように何度もさすり、思い切るようにふぅとため息をついて、また来週会おうと言い残し、去っていった。

心地の良い緊迫感の余韻に笑みを浮かべながら、沙織は圭佑の車が見えなくなるまで、見送っていた。

週末ごとのデートと、毎晩の三人そろってのビデオ電話は、圭祐と沙織と叶望の絆をどんどん育てていった。

圭佑からのビデオ電話の着信音を聞くと、待ち構えたように、真っ先に出るのは叶望だった。圭佑の顔を見ると、何も言わずに、にへらっと笑う様子がかわいくて、圭祐は叶望をもっと喜ばせたくなり、クリスマスイブに、港の遊園地に行こうと誘ってみた。

ほんと⁉ と驚いて、身を乗り出した叶望が画面から消えた。画像は天井を映す。と同時に沙織の「危ない！」という叫びが聞こえ、それが二人の笑い声に変わった。どうやら叶望が興奮し過ぎて、バランスを崩し、椅子から落ちたらしい。

沙織の笑い声と、幸せに満ちた笑顔が映ったとき、圭佑はそばにいて一緒に笑えないのが残念だった。


月曜日の朝、圭佑が出勤すると、中田部長が圭佑を部長室に呼んだ。何だろうと入っていくと、アメリカの研究所の所長が事故に遭い、ひょっとしたら、後遺症が出るかもしれないので、日本で治療とリハビリをしたいということだった。

「橘君。所長代理候補に君の名が挙がっている。君は来年四十歳だ。まだ少し若いが、今までの功績もあるし、人をまとめる能力もある。約一年の期間だが、場合によってはそのまま、研究所の所長として、アメリカに赴任になるかもしれない。渡ってみる気はないか？」

本来なら、手放しで喜ぶべき話だった。

アメリカには、一緒に仕事をしたマーカスや仲間たちがいる。知らない所に赴任して、一から力関係や信頼関係を築くわけではない。

だが、今の圭佑には見極めたいものがあった。

「二、三日考えさせていただけますか？」

仕事中心の圭佑が、意外な返事をしたので、おやっと眉を上げた中田部長だったが、何も聞かず、良い返事を待つとだけ答えた。

所長が回復すれば約一年の期間で済むが、そのままアメリカに赴任すれば、短くても三年、いや、それ以上になるだろう。

パートナーなしでアメリカに赴任するのは、カップル中心の国では、どこへ行くにも気まずさが生じる。だが、会ってまだ一カ月半の沙織に、ついてきてくれと言えるほど、自分は結婚を本気で望んでいるだろうか。

確かに、一緒にいたいと思うようにはなったが、日本でゆっくり信頼と愛情を築く間もなく、いきなり結婚してアメリカでは、今までと状況が違い過ぎる。

長年一緒にいる家族だって、慣れない環境でノイローゼになったりもするのに、赴任したばかりで、仕事に集中する中、新しい家族を気遣って、どちらもうまく立ち回れるだろうか。いや、家族に時間を割きたくったって、仕事が自分を離さないだろう。

勢いで一緒になったものの、外国生活でうまくいかないからと、既に傷ついている彼女たちを、また放り出すような無責任な行動は取れないし、取りたくない。

どうすればいい？　今なら別れられるか？

苦悩する橋の脳裏に、初めてビデオ電話で話したときのペコッと頭を下げた叶望と、聖母のように見守る沙織の姿が浮かび上がった。


クリスマスイブが六日後に迫り、沙織が編み物と格闘しているときに、圭佑からのメールが来た。

今日はビデオ電話じゃないのね、と編み物を横に置き、メールを開いた。

そこには、アメリカへの赴任の打診があり、決まれば、日本に帰れるのは、早くて一年、遅いと五年ほど先になると書かれてあった。

「アメリカへの赴任」という文字を見た後は、動揺して読んでも頭に入らない。スマホを握り締める手が震えそうになる。

どうして今なの？　せっかく三人でうまくいきかけたのに……。

圭佑がビデオ電話をかけられなかった理由は、簡単に察しがついた。

きっとまだ、結婚に思い切れないのだろう。

何か返事をしなければと思いながら、返す言葉が見つからない。

のぞきに来た叶望が、沙織の様子を見て、普通じゃないと勘を働かせ、不安そうに聞いた。

「圭佑おじちゃんに何かあったの？」

まだ、ショックを受けて立ち直れない沙織は叶望にどんな言葉をかけていいか迷ったが、動揺した頭では考えることもできず、結局、そのままの事実を伝えるしかなかった。

叶望は踵（きびす）を返し、自分の部屋に駆けていった。扉を閉める音が、やけに乱暴に響いた。

走っていく叶望を止めることもできず、沙織は視線だけで後を追った。

何だか滑稽な悲劇を演じているみたい。あまりにも、意外で、惨めだと笑えるんだわ。

力のない乾いた笑いを漏らす沙織の頬に、涙が後から後から湧いて出る。

傍らに避けた編み物を拾いあげ、抱きしめた。

「圭佑さん。圭佑さん」そこに圭佑がいるようにきつく抱きしめて、名前を呼ぶ。

ポタポタと涙が、セーターに落ちる。

心がこんなに痛むほど、圭佑のことを好きになっていたんだと、沙織は声を殺して泣いた。子供部屋からは、同じように押し殺した叶望のしゃくり上げる声が聞こえる。

泣くまい！　ギュッと瞼に力を入れる。泣くまいとするのに、溢れてくる涙が押し出され、大粒のしずくになって、セーターにかかる。

私が泣いたら、叶望はもっと不安になる。泣いてはダメだ。

まだ潤んで視界がぼける中、沙織は編み棒を慣れた手つきで、繰り出した。

後悔しないように、愛情をいっぱいこめて、最後まで編み上げよう。

出会った瞬間を思い出す。会議でかばってくれた正義感溢れる姿。眼鏡を直すフリをして、片手で顔を覆った口元が上がっていたこと。おいしかった食事、クリスマスマーケットで肩を抱き寄せられたこと……。

圭佑さんがいてくれたから、こんなに切ない思い出ができた。私は恋をしたんだ！

他の人では代わりになれない。もう男性と無理にデートをしたいとも思わない。

ハッピーウェディングは退会しよう。

沙織から返事のないまま日にちが過ぎ、圭佑はアメリカ行きを受けた。

迷っても、答えが出るものではなかった。

でも、自分がこの会社で働いていく以上、自分のやりたい仕事が巡ってきたときに、そのチャンスを逃したら、一生後悔するだろう。

明後日のクリスマスのことを話そうと、迷いながらビデオ電話をかける。

今日は、叶望は出なかった。その代わり、妙に明るい沙織がはしゃぐように、会社での面白かった話をする。

圭佑はアメリカ行きを決めたことを伝えたが、沙織は、圭佑の能力が認められたことを喜び、頑張ってと応援した。

泣かれても、中途半端で投げ出さないでと詰(なじ)られても仕方がないと覚悟していただけに、必死で負担になるまいとする沙織の姿は、圭佑の胸を打った。

イブに迎えに行く時間を伝え、圭佑はビデオ電話を終えた。

これで最後にして、本当にいいのか？

仕事を優先しても、沙織は圭佑を応援してくれた。ハッピーウェディングに入会したのは、自分の仕事を理解してくれて、ともに歩める大人の女性を、探したかったからじゃないのか？

でも、すがることもなく、あっさりと圭佑を手放そうとする態度は、実は理解してくれたように見せかけて、アメリカに行かないで済んで、ホッとしているからだろうか。彼女なら、ハッピーウェディングに限らず、男性からの申し込みはいくらでもあるだろう。

ふと、あの引き込まれるような表情が見たくなり、会員ページを開いた。

ところが、そこにあったのは、写真ではなく、『退会されました』の文字だった。

クリスマスイブがやってきた。

徹夜で仕上げたセーターは、赤と緑のストライプの包装紙で包まれ、大きな紙袋の中で待機している。

期待が大きくなりかけていただけに、叶望の機嫌を直すのは大変だったが、今日一日は素敵な思い出をつくりましょうと沙織に諭され、叶望は仏頂面をお預けにした。

車に乗ったときは、車内に妙な緊張感が走ったが、港に隣接する遊園地に着いたときには、三人とも何とか普通に話せるようになっていた。

三人は大きな観覧車に乗って、眼下に小さくなっていく遊園地や、船の行きかう港を見下ろした。次はジェットコースターと叶望は圭佑の手を引っ張って、列に並んだ。回転ジェットコースターは苦手なんだけれどと、尻込みする圭佑を見上げ、叶望はにっこり笑った。

「だめだよ。今日だけは思い出をつくるから、乗らなくちゃ」

ズンとみぞおちに拳を食らったようなショックを感じ、圭佑は瞬間顔をゆがめた。痛みを感じているのは、叶望の方なのに……。この小さな手は、叶わなかった望みを思い出に変えようとしている。

圭佑は片手で顔を覆うようにして、眼鏡のフレームを直した。潤んだ涙をこぼさないように力を入れたので、手の下からのぞく鼻の頭が赤く染まった。

その様子を列の外から見ていた沙織は、何度も瞬きをして、涙を散らした。

圭佑さんは冷たい人じゃない。急なアメリカ行きに、私たちのことで悩んだと思う。今あそこで涙を堪えているのがその証拠だ。

あの人と出会えて良かった。出会わせてくれた偶然に感謝する気持ちでいっぱいになり、沙織は空を仰いで、見るともなしに、空中を駆け抜けるジェットコースターを眺めた。

そして、圭佑と叶望の順番が回ってきたときに、髪を後方に振り乱して叫び声を上げる二人の写真を撮った。

未来への大切な思い出。今は痛くても、きっとこの人を想っただけで幸せになれた日々を、懐かしく思うときが来る。降りてきた叶望の満面の笑顔と、ぐったりした圭佑の写真をもう一枚撮って、沙織はその未来が早く訪れて、この痛みを拭ってくれますようにと願った。

たっぷり乗り物に乗った叶望はご機嫌になり、昼食を食べた後、船を見たいと港に向かって先に歩きだした。緑で覆われた丘から遊歩道が海へと下っている。

隣接したレストランから、背の高い男性が走り出てきた。

「お～い！ 叶望！ 叶望だろ？ 久し振り！ パパだよ」

ドクリと心臓が波打ち、背筋に悪寒が走った。沙織は来た道を戻りたかった。

よりによって圭佑との最後の思い出を、元夫の出しゃばりで、汚されたくはなかった。

家族を捨てていったくせに、叶望のパパと平気で名乗る無神経な男なんかに、偶然でも今日だけは出会いたくなかった。

五メートルほど先を歩いていた叶望は、ぴたっと足を止めて、沙織と圭佑を顧みた。

叶望に付き添う沙織と男性を見たら、普通は状況を判断して、遠慮するのが当然なのに。

利輝はいつも自分が中心だった。

「叶望、いいところで会えた。今、パパの新しい奥さんが、あのレストランにいるんだ。会いに連れていってあげる」

沙織は屈辱でめまいがしそうになった。どういう神経を持っていたら、元家族に浮気相手を紹介できるのだろう。

両手を握り締め、必死で怒りを抑える沙織など気にも止めず、利輝はまた叶望を誘った。

「パパに赤ちゃんが生まれたんだよ。叶望はお姉さんになったんだ。かわいいから見においで」

利輝は素晴らしいニュースを、叶望が一緒に喜んでくれると思ったらしい。

沙織はブルブルと怒りに震え、叫びだしそうになった。

できるものなら、この真冬の海に、利輝を突き落としてやりたい！

沙織は、初めて人に対して殺意を覚えた。

叶望が後じさりしたのと、圭佑が前に出たのは同時だった。叶望の前に出た圭佑は、利輝の腕を取り、あちらで話そうと促した。

せっかくの喜びの再会を邪魔された利輝は、不機嫌そうに圭佑をにらんで、腕をつかんだ手を振り払った。

「あなた誰です。何の権限があって、自分の子供と話すのを邪魔するんですか」

深く息を吐いて怒りを抑えながら、圭佑は言い返した。

「親だと名乗るなら、叶望ちゃんの気持ちを察したらどうですか？　自分をかわいがってくれた人が出ていって、辛い思いをしているのに、その上赤ちゃんに愛情を取られる痛みを味わわせるんですか？」

叶望のことを思うと、圭佑の怒りは沸騰して、抑え切れなくなった。

「あんた、それでも親だって言えるのか！」

圭佑が叫んだとき、叶望が泣きだした。

「お……おとう……さん。お父さん」

利輝はそれ見ろと言うように、圭佑をつき飛ばし、叶望に向かって歩きだした。

圭佑に怒鳴られた利輝を案じ、叶望が父親を呼びながら泣いたので、沙織はひどく動揺した。こんな目にあっても父親が大事なのかと沙織は深く落胆し、当て馬になった圭佑を心配して見ると、全くの部外者にされた圭佑は、力なく肩を落としていた。

「叶望はやっぱり俺の娘だよな。おいで」

利輝はとびっきりの笑顔で、手を差し出した。

涙をいっぱいためた目で利輝をじっと見上げると、叶望は首を振ってその手をかわし、圭佑に抱きついた。

「お……と……おさん。おと……うさん」

叶望はしゃくり上げながら、お父さんを繰り返して、圭佑にしがみついた。

圭佑は、くしゃっとゆがめた顔を隠すこともせず、叶望をぎゅっと抱きしめ、あやすように左右に揺らした。

さっきとは逆に、部外者になってしまった利輝は面白くもなく、チェッと舌打ちすると、行き場のなくなった怒りの矛先を、沙織に向けて毒づいた。

「お前だって、男、つくってたんじゃないかよ」

思いもよらない言葉に、最初あぜんとなった沙織だったが、ふつふつと煮え立つ感情をあらわに、首をきっぱりと横に振った。

圭佑も込み上げる怒りに、きっと利輝をにらみつけ、低い声で唸るように威嚇した。

「沙織さんを侮辱するな」

本当なら、殴り倒してやりたかったが、叶望がしがみついているので、身動きが取れな

かった。

その代わり、沙織の平手が利輝を打った。

「私たちをあなたたちの関係のようにおとしめないで‼　彼は自分の言動に責任が持てる大人です。あなたとは違います！」

いつも自分の言うことに逆らうこともなく従っていた面白みに欠ける女が、今、目の前で爛々と目を輝かせ、憤怒の鬼相で迫っているのを見て、利輝はあまりの相違にショックを受け、言葉を失った。

その隙に、叶望を沙織に任せ、圭佑がその前に立ちはだかった。

「まだ、沙織さんを傷つけるつもりなら、容赦しませんよ！　さっさとご自分の家族のところへ戻ったらどうですか？」

これ以上何か言うなら、自分が相手をするというように、腕をまくりあげた圭佑の気迫に押され、面倒はごめんだと、利輝はブツブツ文句を呟きながら、去っていった。

面目を失い、逃げるように去っていく利輝の後ろ姿に、沙織は遠い日の白馬を見に行った神社で、奥さんにやり込められた初老の男を思い出した。

鬱憤（うっぷん）を晴らそうとした男が、そこに居合わせただけの沙織に八つ当たりしたのに、利輝は怒るどころか、自分が褒められたことに気を良くして、一緒にへらへらと笑っていた。

それに引き換え、圭佑は夫でもないのに、利輝の暴言から「沙織さんを侮辱するな」とかばってくれた。

圭祐にとって、守る価値のある人になれただけでも、沙織は自分の気持ちが報われた気がした。

もう、十分だ。たとえこの恋が実らなくても、幸せな思い出になるだろう。

胸に顔を埋めて、まだすすり泣いている叶望の頭を、沙織は見えない傷を癒すように、優しくなでた。

その手に圭佑の大きな手が重なる。

「僕に……守らせてもらえませんか?」

プライドの高い利輝が、再びちょっかいをかけてくることはないだろうから、大丈夫だと言おうとして、圭佑を見上げると、その目の真剣さに圧倒された。

「正直、迷いました。赴任の期間も定まらないのに、沙織さんと叶望ちゃんを巻き込んでいいのかと……。日本でならまだしも、慣れない国での生活を強いていいものかと、迷って、答えが出せずにいました。でも、今、自分の気持ちがはっきり分かりました。一緒にいたい。叶望ちゃんの父と名乗りたい。一年だけ僕に時間をください」

「一年……圭佑さんを待つということですか?」

「ええ。研究所の仕事は連絡を長時間絶つことがあります。結婚したばかりだからと言って、一緒にいられるわけではありません。僕の結婚はそれで壊れました。沙織さんがこの一年そういう生活に耐えられるか、確かめてほしいんです。一年後、沙織さんがそれでも僕の気持ちを受けてくれて、海外赴任が長引くようなら、一緒にアメリカに来てください」

心で望みながら、諦めていた言葉が、突然降ってきた。まるで自分のことのようには感じられず、沙織はぼうぜんと立ち尽くした。

親鳥の羽に包まれたひなのように、沙織の胸に顔を伏せていた叶望が、身動きをして顔を傾け、圭佑を横目でちらりとのぞき見た。

そして、にへらっと笑った。

「お父さん、お父さんになるの?」

と恥ずかしそうに聞いてから、沙織の胸にまた顔を伏せる。

圭佑が「いいか?」と瞳で語りかけ、沙織が潤んだ瞳でうなずき返す。

「おいで叶望。天来のお父さんと一緒に船を見に行こう」

おずおずと振り返り、叶望が圭佑に腕を伸ばす。その腕を取って、圭佑は叶望を抱き上げた。

父親の愛情に飢えていた叶望にとって、それは最高のクリスマスプレゼントになった。

# 古城の砦―本物の家族―

ヨーロッパの夕食は大抵午後八時以降と遅めだが、橘一家は六時半頃ホテルのレストランに入った。クラッシックな衣装を着たメイドが、にっこり笑ってあいさつをし、橘一家をレストランの窓際の席に案内をすると、叶望に向かって『Happy Birthday!』と祝いの言葉を述べた。

圭佑には態度が大きい叶望も、他人には非常に愛想の良い猫かぶりのお嬢様になりすまし、『ありがとうございます』と返事をする。

事前に叶望の誕生日だと伝えてあったので、席も眺めの良い場所が用意され、テーブルには美しい花が特別に設えてあった。

まだ外が明るいので、色とりどりの花が咲き乱れる庭や、その先の砦と隣接する塔が見渡せた。

叶望が、首を傾げながら一点を凝視した。

「あれっ？　どっかで見たことあるような……」

尖った屋根の下に窓がずらりと並んだ古びた塔を見て、叶望は思い当たったようにうなずいた。

「ああ!!　分かった！　ラプンツェルの塔みたいな給水塔だわ！」

それは、羽賀のマンションから見たあの給水塔にそっくりだった。

「ほんとだ！　初めて見たとき、叶望は給水塔に行ってみたいって、おねだりしたのよね。結局お城にたどりついちゃったわね」

「あはは……窓から髪の毛、垂らしてみようかな。誰か格好いい人が上ってくるかも」

「お前なんか目当てで上ってくる男なんていないって！　代わりに俺が上ってやる」

「ヘアトリートメント擦り込んで、ツルッツルにしておくわ」

冗談の応酬をしているところへ、前菜を運んできたボーイが叶望に向かって微笑みかける。

『お誕生日おめでとうございます』

『ありがとうございます』

『とてもおきれいなお嬢様ですね。目がお母様そっくりです』

沙織と叶望は目を見開いて、お互いにそう？　っというように首を傾げる。

そのしぐさに笑いながら、ボーイが叶望と圭佑を見比べる。

さてどう言うだろうと、圭祐と叶望が興味津々でボーイに期待を寄せると、ボーイは大きくうなずいた。

『お父様とは、表情やしぐさがそっくりですね。何かを言いたげな、いたずらっぽくてチャーミングな表情がとてもよく似ています』

『え〜っ。最悪！』

『そうだ、絶対似ていない！』

『本当に仲が良くて素敵なご家族ですね。素晴らしい食事の時間をお過ごしください』

ボーイは楽しそうに笑って、テーブルを後にした。

量の多いドイツ料理を何とか詰め込みながら、ようやくデザートまでこぎつけたとき、圭祐がボーイに合図をし、大皿に載ったシュタイフ社のテディベアが運ばれてきた。

そしてレストランにいた従業員たちが、バースデーソングをドイツ語で歌い終わると、他のテーブルからも拍手が起こった。

とびっきりの笑顔で、お礼を言った叶望は、従業員が去るや否や、テディベアに手を伸ばす。

「それは俺からの誕生日祝い」

「ええ～っ。クマ？　私、もう成人なんだけど」

「圭佑さんにとって、叶望はいつまでもお子ちゃまなのよ」

沙織は、プロポーズされた日を思い出した。

あのときも、圭祐は、今、叶望が着けている人工ルビーのバラのネックレスと、テディベアをプレゼントしたのだ。

「人がせ～っかく本場のテディベアを用意してやったのに……ありがとは？」

口元をひくつかせながら、圭祐が叶望をからかう。

「ありがと」

口を尖らせて、叶望が軽く圭佑をにらむ。

「成人になったんだから、叶望、その偽物のルビーのネックレス外せ。その代わりこっちをやる」

自分のバッグから細長い包みを取り出し、圭祐が叶望のテーブルの前に置く。

「えっ？……」

叶望は、期待の入り混じった視線を圭祐に向けてから、包みを開いた。

中から出てきたのは、本物のルビーのネックレスだった。

感極まって言葉をなくした叶望は、取り出したネックレスをつけるでもなく、鎖を指に巻き付け、赤いルビーをしげしげと眺める。

「きれい……ありがとう」

ようやく言葉にして、プレゼントされたネックレスを首につけ、人工ルビーのネックレスを、箱にしまおうとした叶望は、ふと蓋の内側に貼ってあるカードに気が付いた。

《娘へ　二十歳の誕生日おめでとう。君の成人を一緒に祝えてうれしい。父より》

うつむいたまま、箱をのぞき込んでいる叶望の手元をのぞき込もうとした沙織を、圭祐が首を振って止める。

「ごっつんするぞ」

叶望が泣き笑いした。

デザートを食べ終え、まだ目の赤い叶望と連れ立って、家族は中庭へ下り立った。

辺りは夕闇が押し寄せ、夕陽の名残で綾線が薄紫に染まりつつある。オレンジ色のライトで照らされ、陰影を色濃くした古城が、荘厳な姿に神秘さをまとって魅了する。

薄闇に浮かび上がったラプンツェルの塔を見上げると、明かりがついていて、本当におとぎ話の世界に迷い込んだようだった。

すっかり静かになってしまった叶望を笑わせようと。圭佑が吹っかける。

「人がせ～っかく本物のルビーのネックレスをプレゼントしても、叶望は油でべとべとの髪を垂らして、中へ入れてくれないんだろ?」

叶望が飛びつくように文句を言う。

「油じゃないって、ヘアトリートメント!」

「同じだろ? 馬油や椿とか杏とかの油が入ってるじゃないか」

「えっ? そうなの? まぁ、老体に壁登りは無理だから、塔の合鍵ぐらい渡してあげるわ」

「誰が老体だ?」

笑って逃げる叶望を、圭祐が若さを証明するかのように、追いかけていった。

取り残された沙織は、二人が駆けていった先にたたずむ砦を見上げ、同胞をいたわるように微笑みを浮かべて呟いた。

砦は語らない。どんな戦があり、どんなに人が傷ついたかを……。

砦は語らない。新しく結ばれ、築かれた家族の絆を……。


そして、朽ちてなお聳え立つ城砦に、投げかけた疑問を思い出す。

——守るべき本来の城主も家系もついえた今、この砦は何を守っているのだろう。

中身が偽りでも城の顔として、ここで過ごした人々の記憶を守っていくのだろうか——

駆けていく父と娘を見ていたら、答えがすとんと胸に落ちてきた。

砦が守っているものは、つくりものの世界ではなく、今存在する本物の家族だ。

飾り気もなく神経を張り巡らせ、居場所を守ろうとしていた私も今は消え去り、温かな家族を支える礎に姿を変えた。

そして、かけがえのない大切な家族の重みを抱きとめて、築かれていく思い出の土に埋もれ続けていくのだろう。


私は語らない。そこに虚構の砦があったことを……。

# あとがき

初めまして、風帆満です。本書をお手に取って頂き、誠にありがとうございます。作中色々疑問に思われる箇所もおありかと思いますが、初めて書いた小説ということで（二、三作目でも言いそうですが）どうか皆様の温かいお心で包んで頂けたらと思います。海を渡る風のように、皆様の心の帆にほんの少しでも何かのメッセージをお届けすることができましたら、風帆は本当に幸せで満たされるでしょう。

この本の表紙絵、挿絵ですが、作中の古城の砦のように風化した私の腕では、なかなか思うように描けず、絵に「？」を感じたら、どうか気のせいだと思われて、頭の中で美化をして頂き、完璧なイラストと挿絵を心の目で感じ取って頂ければ嬉しいです。冗談はさておき、本作の刊行にご尽力下さった皆様にも、この場をお借りして御礼申し上げます。また、執筆中応援を頂いた仮想タウンの皆様、そしてこの本を手にして下さった読者様に、深く深く心より感謝申し上げます。もしよろしければ、ご意見、ご感想などを頂ければ大変嬉しく思います。

著者プロフィール
**風帆 満**（かざほ みちる）
趣味：旅行、読書、ガーデニング
特技：ものまね
好きなもの：うさぎのキャラクター、西洋アンティーク、スイーツ

**虚構の砦**

2017年12月15日　初版第1刷発行

著　者　風帆 満
発行者　瓜谷 綱延
発行所　株式会社文芸社
〒160-0022　東京都新宿区新宿1－10－1
電話　03-5369-3060（代表）
03-5369-2299（販売）

印刷所　株式会社フクイン


ISBN978-4-286-18831-7